이 책을 재미있게 읽을
나의 소중한 친구

_____ 에게

요술 연필 페니 6 위기의 동물원을 구하라!

초판 1쇄 발행 2022년 4월 15일

글쓴이 에일린 오헬리 | **그린이** 니키 펠란 | **옮긴이** 신혜경
펴낸이 홍성우 | **책임 편집** 김희전 | **디자인** 씨오디 color of dream
펴낸곳 기린미디어 | **등록** 2016년 4월 26일 제 409-2016-000009호
제조국 대한민국 | **주소** 경기도 김포시 모담공원로 17 | **사용연령** 8세 이상
전화 0505-302-2381 | **팩스** 0505-300-2381 | **전자우편** girinmedia@daum.net

ISBN 979-11-91142-49-5 74840
    979-11-91142-43-3 (세트)

* 책값은 뒤표지에 표시되어 있습니다.
* 파본이나 잘못된 책은 구입하신 곳에서 바꿔드립니다.
* 송이에 베이거나 긁히시 않도록 소심하세뇨. 책 보서리가 날카로부니 넌시거나 샐어뜨리시 마세뇨.

⑥ 위기의 동물원을 구하라!

요술 연필 페니

에일린 오헬리 글 · 니키 펠란 그림 · 신혜경 옮김

 기린미디어

차례

등장인물

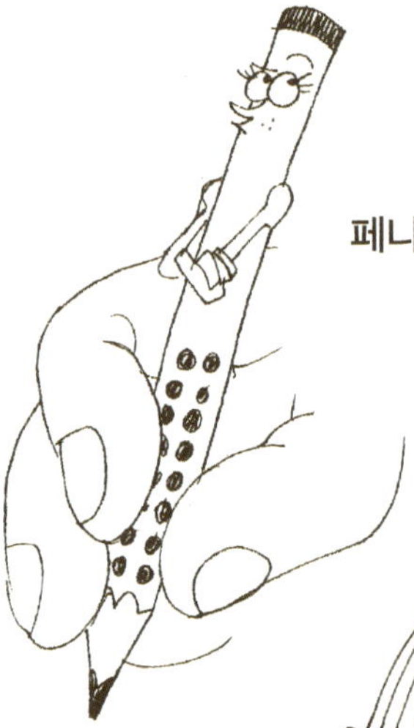

페니

젤다

수정액

부 헤이

밀리건

검은 매직펜

스파이크

랄프　　　사라

얼룩이

밥

초식이

버트

피오누알라

즐거운 미술 시간

"쉿! 다들 조용히 하고 두 줄로 서. 곧 수업 시작종이 울릴 거야."

수정액이 다급하게 외쳤다.

필통 안은 온통 어수선했다. 연필, 지우개, 크레파스 등 필기구들이 각자의 자리로 돌아가려고 야단법석을 떨었기 때문이다. 바로 다음이 미술 시간이라서 색연필들이 특히 더 흥분해 있었다.

줄 맨 앞에는 빨간 샤프 맥과 물방울무늬 치마를 입은 페니가 자리를 잡고 섰다. 맥과 페니도 들떠 있기는 마찬가지였다. 맥은 그림 솜씨가 무척 좋아서 필통 주인인 랄프는 항상 맥을 가지고 밑그림을 그렸다. 반면 페니는 미술 시간에 필통 밖으로 나오는 일이 없었다. 수학 문제를 풀거나 받아

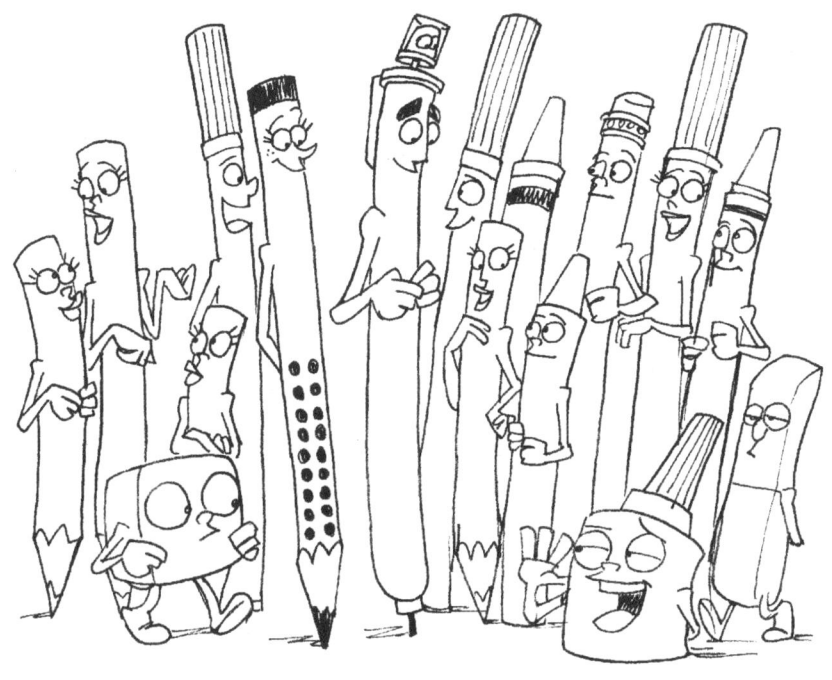

쓰기 시험을 볼 때, 다른 여러 가지 공부를 할 때 랄프를 돕느라 일주일 내내 무척 바빴다. 그러니 페니가 쉴 수 있는 건 오직 미술 시간뿐이었다.

수업 시작종이 울리자 필통 안에는 긴장이 감돌았다. 색연필들이 미술 시간을 애타게 기다려 왔지만, 스워드 선생님의 말 한마디면 아이들은 얼마든지 다른 필기구를 사용할 수도 있었으니까.

"색칠은 안 하면 좋겠어. 랄프는 종이보다 자기 옷에 더 많이 칠하잖아."

랄프 필통의 키 작은 초록 색연필이 한숨을 내쉬었다.

"목탄도 끔찍해. 지저분한 검정 지문이 사방에 찍히잖아."

키 큰 노란 색연필도 거들고 나섰다.

"그리고 아무 때나 날 좀 꺼내 들지 않으면 좋겠어……."

빨간 색연필 스칼렛도 고개를 끄덕였다. 스칼렛은 색연필 중에서 길이가 가장 짧았다. 랄프가 제일 좋아하는 색이 빨강이라 색칠을 할 때마다 스칼렛을 썼기 때문이다.

"랄프 옷에 어떤 때가 묻어도 랄프 엄마는 항상 즐겨 쓰는 세제로만 빨래하잖아. 그거랑 같은 거지, 뭐. 랄프는 뭘 칠해도 빨간색을 제일 많이 쓸 걸?"

한쪽 면이 많이 닳은 지우개 얼룩이가 덧붙였다. 얼룩이는 누가 지우개 아니랄까 봐, 깨끗하게 만드는 모든 일에 관심을 보였다.

"쉿! 랄프가 필통을 열고 있어!"

수정액이 속삭였다.

필통 지퍼가 조금씩 열리자 맥이 슬쩍 앞으로 몸을 내밀었다. 드디어 랄프 손이 필통 안으로 쑥 들어왔다. 손가락들이 맥을 감싸 안아 필통 밖으로 들어 올렸다.

맥의 발가락이 지퍼 사이로 빠져나가는 순간, 페니가 까치발로 다가가 맥의 발바닥을 살짝 간질였다. 그러자 간지럼을 잘 타는 맥이 참지 못하고 괴상한 웃음소리를 냈다.

"페니……."

수정액이 나무랐다.

"헤헤, 알았어. 하지만 사람들은 우리 얘기를 들을 수 없잖아. 웃음소리는 물론이고."

"하지망 우리가 움직이능 겅 다 알 수 잉다고!"

수정액이 입술을 딱 붙인 채 웅얼거렸다.

"그거야 보고 있을 때만 그렇지."

페니가 랄프를 주의 깊게 살피며 말했다. 그러고는 수정액

앞에서 살랑살랑 엉덩이춤까지 추는 여유를 부렸다. 잠시 후 페니가 갑자기 우뚝 멈춰 섰다. 랄프 손이 다시 필통 안으로 들어온 것이다.

"만세!"

갈색 색연필 헤이즐이 필통 밖으로 사라지며 외쳤다.

"야호!"

몇 초 뒤 랄프 손이 다시 가까이 다가오자, 초록 색연필도 어깨춤을 추었다.

"갈색과 초록색이라……. 랄프가 뭘 그리는 것 같아?"

얼룩이가 심각하게 물었다.

"민트 아이스크림콘."

페니의 말에 얼룩이가 고개를 저었다.

"내 생각에는 아무래도 축구팀 같아!"

얼룩이는 초록색과 갈색 줄무늬 운동복을 입는 축구팀의 왕팬이었다.

페니가 질문했다.

"수정액, 네 생각은 어때?"

"이번 주 초에 배운 내용이 주제로 주어졌을 거야. 그러니까 랄프는 지금……."

하지만 수정액의 말
이 채 끝나기도 전에,
랄프 손이 다시 필통 안
으로 들어왔다. 그런데 이번
에는 색연필을 뒤적거리지 않고
얼룩이, 수정액, 페니가 있는 쪽으
로 곧장 다가왔다.

얼룩이가 슬픈 눈으로 자기 왼쪽 어깨를
쳐다보았다. 얼룩이의 왼쪽 어깨는 오른쪽 어깨보다 심하게
닳아 아래로 확 기울어져 있었고, 온갖 색깔들이 덕지덕지
묻어 있었다.

"이런, 안 돼! 랄프가 또 밑그림 선 밖까지 색칠을 한 모
양이야. 난 색연필 지우는 일에는 별로 소질이 없는데, 어
쩌지?"

얼룩이가 한숨을 내쉬었다. 하지만 다행히 랄프 손가락
들은 얼룩이를 그대로 지나치더니 페니를 단단히 감싸 쥐
었다.

"설마 벌써 미술 시간이 끝나고 받아쓰기 시간이 된 건 아니겠지?"

페니가 필통 밖으로 끌려가면서 슬픈 목소리로 속삭였다.

"생각했던 대로야. 갈색, 초록색 그리고 회색이라면, 랄프가 그리고 있는 건 틀림없이⋯⋯."

거기까지였다. 필통 밖에서는 수정액의 목소리가 더는 들리지 않았다.

페니는 곰곰이 생각에 잠겼다.

'날 가지고 그림에 색칠을 한다고? 회색을?'

페니는 색연필이 아니었다. 어려운 공부를 할 때 사용되는 '연필'이었다. 페니는 이 점을 늘 자랑스럽게 생각해 왔다. 그런데 느닷없이 색칠이라니!

랄프가 페니를 꼭 쥐고 색칠을 하기 시작했다. 페니는 그림을 이리저리 살펴봤다. 그림 그리기도 꽤 재미있다는 생각이 들었다. 랄프는 정글 풍경을 그리고 있었다. 짙은 초록 잎과 두꺼운 갈색 밑동을 가진 나무들이 종이 안에 가득했다. 랄프는 그림 한가운데에 있는 아주 이상하게 생긴 동물을 칠하는 데 페니를 사용했다. 나무 밑동보다 더 두꺼운

다리와 펄럭이는 커다란 귀를 가진 거대한 녀석이었다. 가장 특이한 점은 꼬리가 두 개라는 것이었다. 뒤쪽으로 짐작되는 곳에는 짧고 얇은 꼬리가, 앞쪽 두 엄니 사이에는 길고 두툼한 꼬리가 있었다.

랄프가 동물을 반 넘게 색칠하고 나서야, 페니는 그 동물의 정체를 알 수 있었다. 그것은 바로, 코끼리였다!

코끼리를 다 칠하자, 랄프가 페니를 책상 위에 내려놓았다. 그리고 필통에서 색연필 몇 자루를 더 꺼냈다. 미술 시간이 끝날 무렵, 정글은 온갖 동물들로 가득 찼다. 원숭이, 호랑이뿐 아니라 놀랍게도 공작까지 있었다!

랄프가 그림 검사를 받으려고 교실 앞으로 나갔다. 스워드 선생님 책상 앞에는 이미 아이들이 길게 늘어선 상태였다. 물론 오늘도 랄프의 단짝 사라가 줄 맨 앞에 서 있었다.

"정말 잘 그렸구나, 사라."

스워드 선생님이 환하게 미소 지으며 말했다.

사라는 물가에 옹기종기 모인 아프리카 동물들을 그렸는데, 선생님이 사라의 그림 오른쪽 위에 커다랗게 '참 잘했어요.'라고 썼다. 페니는 선생님 글씨가 그림을 망쳤다고 생각했지만, 사라는 아주 만족스러운 표정이었다.

그때 뒤에서 키득거리는 소리가 들려서 랄프가 고개를 돌렸다. 말썽꾸러기 버트 녀석이었다.

"사라 괴롭힐 생각은 하지도 마."

랄프가 미리 경고했다.

"아, 사라 때문에 웃은 거 아닌데. 너 때문에 웃은 거야!"

버트가 랄프 그림을 쳐다보며 이죽거렸다.

"왜?"

랄프가 그림을 가리며 묻자 버트가 대꾸했다.

"왜냐하면, 아프리카에는 공작이 없거든. 한 마리도!"

"아프리카 그린 거 아니거든! 여기는 인도 정글이라고."

"그렇담 코끼리 귀는 왜 그렇게 크냐?"

버트도 물러서지 않았다.

"코끼리 귀는 원래 커!"

랄프가 씩씩거렸다.

"아직 모르나 본데, 전부 그런 건 아니야. 아프리카코끼리 귀는 무지 크지만, 인도코끼리 귀는 아주 작거든."

버트가 고개를 저으며 자신만만하게 말했다.

"이제 보니 코끼리 박사구나, 버트."

그림 검사를 받고 자리로 돌아가던 사라가 끼어들었다. 그리고 또박또박 덧붙여 말했다.

"박물관에서 열리는 장비목 전시회라도 다녀온 모양이네?"

"장비, 뭐?"

랄프가 두 눈을 끔벅이며 물었다. 장비목은 코끼리처럼 자유롭게 움직이는 긴 코를 가진 포유류를 가리키는 말이었다. 사라의 말에 얼굴이 약간 상기된 버트가 씩씩거리며 말했다.

"내가 너 같은 공부벌레인 줄 알아?"

랄프가 얼른 둘 사이를 가로막고 섰다. 그러고는 사라가 쏘아보는 걸 애써 무시하며 버트에게 다그쳐 물었다.

"박물관에 간 게 아니면, 코끼리에 대해서 어떻게 그렇게 잘 아는데?"

버트는 잠시 멈칫하더니 실눈을 뜨고 랄프를 째려봤다.

"사파리 사냥 게임에 나오거든. 아프리카코끼리들은 표적이 되기 쉬워. 커다란 귀 때문이지."

버트가 랄프 귀를 잡아당기려고 손을 뻗었다.

"아야!"

하지만 정작 비명을 지른 것은 버트였다. 누군가 버트 귀를 꽉 잡고 있었다. 버트가 아파서 쩔쩔매면서 곁눈질로 옆을 살폈다.

"버트!"

스워드 선생님이었다. 선생님은 버트 귀를 잡아당기며 교실 앞으로 걸음을 옮겼다.

"버트, 곧장 교장실로 가도록 해. 이런 행동을 하는 네가 다음 주에 소풍을 가도 될지 어떨지, 교장 선생님께 여쭤봐야겠다."

"무슨 소풍이요?"

랄프와 사라 앞에 앉는 루시 윌리엄스가 물었다. 그러자 스워드 선생님이 미소를 지었다.

"힌트를 줘야겠네. 오늘 미술 수업 주제인 '외국의 동물들'과 관련이 있어. 자, 그러면 우리는 다음 주에 어디로 소풍을 갈까?"

"극동 지역이요. 아시아 대륙 동쪽에 있는!"

말콤이 손을 번쩍 들더니 자기가 생각해 낼 수 있는 가장
이국적인 장소를 말했다. 정작 자기는 전혀 이국적이지 않은
다람쥐를 그렸으면서 말이다.

"그렇게 먼 곳은 아니겠지?"

스워드 선생님이 고개를 저었다. 그러자 이번엔 낙타를 그
린 숀이 다른 의견을 내놓았다.

"중동 지방이요."

"좀 더 가까워지긴 했는데, 비행기를 타고 가야 하는 곳도
물론 아니야."

마침 사라가 손을 번쩍 들었다.

"선생님, 저 알 것 같아요. 동물원이요!"

"딩동댕! 맞았어."

스워드 선생님이 환하게 웃으며, 소풍을 갈 때 필요한 부모님 동의서를 아이들에게 한 장씩 나눠 주었다.

2

소풍을 떠나요

소풍날 아침, 교실은 벌집을 쑤셔 놓은 것처럼 어수선했다. 동물원 갈 생각에 들뜬 아이들이 벌처럼 윙윙거리며 교실 안을 헤집고 다녔다.

"아, 얼른 '부 헤이' 보고 싶다. 알비노 아기 판다 말이야."

루시 윌리엄스 옆에 앉은 시애라가 신이 나서 말했다.

"그 판다가 알바니아에서 왔어?"

숀이 물었다. 그러자 시애라가 친절하게 설명해 주었다.

"아니. 색소 결핍으로 온몸이 하얀 증상을 알비노라고 해. 부 헤이는 온몸이 하얀 판다야."

"그럼, 그거 북극곰 아니야?"

"아니야. 판다랑 북극곰은 아예 다른 종의 동물이야."

이번엔 사라가 딱 잘라 말했다. 사실 사라도 소풍 갈 생각

에 기분이 무지무지 좋았다. 하지만 소풍 때문에 수학 수업을 두 시간이나 빼먹게 된 건 아무래도 좀 아쉬운 일이었다.

한편 랄프 필통의 필기구들은 소풍에 대해 서로 다른 느낌을 가지고 있었다.

"난 소풍이 정말 싫어."

페니가 말했다.

"정말? 난 좋은데. 필통 주인들이 하루 종일 교실 밖에 있으면, 우리는 필통 밖으로 나가서 다른 필통 필기구들이

랑 재미있게 놀 수 있잖아. 펜슬림픽 이후로 플뢰르를 한 번
도 못 봤단 말이야."

맥이 눈을 휘둥그레 뜨며 물었다.

"버트 연필들이 우리 필통으로 뛰어들 생각만 안 한다면
말이지……."

얼룩이는 또 다른 생각을 하며 한숨을 내쉬었다.

"아, 그거야 그렇지. 사실 나도 폴리랑
재미있게 놀고 싶어. 하지만 원래 오늘
받아쓰기 시험을 보기로 했었잖아. 그
런데 갑자기 소풍을 간다니까, 이제
주말이 지나야……."

페니가 이야기하고 있는데 수정
액이 말을 자르고 나섰다.

"받아쓰기 시험이 인생의
전부는 아니잖아. 아이들
은 오늘 동물원에서 살아
움직이는 동물들을 눈으
로 직접 볼 거야. 그러면

책으로 볼 때보다 훨씬 더 많은 것을 배우게 된다고. 내 말은, 동물들 이름을 외워서 받아쓰기 시험을 보는 건 그리 중요한 일이 아니라는 얘기지.”

페니와 맥과 얼룩이가 눈을 동그랗게 뜨고 수정액을 바라봤다. 교실에서 공부하지 않아도 괜찮다고 하다니! 이것은 전혀 수정액답지 않은 말이었다.

“좋아. 소풍이 그렇게 중요하다면, 우리도 가야…….”

페니의 말이 끝나기도 전에, 맥과 얼룩이와 수정액을 포함한 모든 색연필들이 페니 위로 엎어졌다.

“아아아아아아아아악!”

필기구들이 한목소리로 비명을 지르며 필통이 공중으로 붕 떠올랐다.

랄프의 분홍 색연필 로즈가 다급하게 물었다.

“도대체 무슨 일이지?”

“아무래도 페니의 소원이 이뤄지려는 모양이야. 그러니까 우리도 동물원으로 가고 있다는 말이지!”

수정액이 대답했다.

동물원으로 가는 내내, 랄프의 필기구들은 입을 모아 흥

겨운 노래를 불렀다. 페니도 덩달아 신이 났다.

랄프가 걸음을 멈추고 배낭에서 필통을 꺼내자, 필기구들이 너도나도 필통 입구로 모여들었다. 동물들을 제일 먼저 보고 싶어서였다.

"얘들아, 제발! 제자리로 돌아가. 교실은 아니지만 규칙은 지켜야지."

수정액이 들뜬 목소리로 외쳤다.

'규칙'이라는 말에 흠칫 놀란 필기구들은 차분히 마음을 가라앉혔다. 그리고 조용히 두 줄로 서서 꼼짝도 하지 않았다. 지퍼가 열리기 시작하자, 눈부신 햇살이 필통 안으로 쏟아져 들어왔다. 입구에서 가장 가까운 곳에 서 있던 맥과 페니는 제대로 눈을 뜨고 있기가 힘들었다. 페니는 햇살을 피하느라 최대한 눈을 가늘게 떴다. 그 바람에 랄프 손이 필통으로 들어오는 것도 알아채지 못했다. 어쨌거나 랄프의 따뜻한 손가락들이 페니의 몸통을 감싸 안더니 신선한 공기로 가득할 필통 밖 세상으로 나갔다.

하지만 예상은 빗나가고 말았다. 필통 밖 공기는 조금도 신선하지 않았다.

"이게 대체 무슨 고약한 냄새지?"

랄프가 물었다.

페니는 손을 들어 햇빛을 가리고 주변을 둘러봤다. 지금 서 있는 곳은 코끼리 우리가 내려다보이는 야외 관람석이었다. 스워드 선생님이 아이들 사이에서 활동 안내문을 나눠 주고 있었다.

"코끼리 엉덩이에서 나는 냄새 같아."

사라가 코를 움켜쥔 채 대답했다. 그러자 버트가 끼어들었다.

"내 생각에는 네가 범인 같은데?"

스워드 선생님이 손에 들고 있던 활동 안내문 뭉치로 버트의 머리를 톡톡 치며 날카롭게 외쳤다.

"버트! 운 좋게 소풍에 참여하게 된 걸 벌써 까맣게 잊은 모양이구나. 한 번만 더 말썽 피우면, 넌 하루 종일 코끼리 우리를 청소해야 할 거다."

버트가 뭐라고 항의할 새도 없이, 앞줄에 앉아 있던 아이들이 박수를 치기 시작했다. 어디선가 녹색 반바지와 반팔 윗옷을 입은 남자가 불쑥 나타나 단상 위에서 손을 흔들고

있었다. 그 남자가 우렁찬 목소리로
말했다.

"여러분, 안녕하세요! 제 이름은
'밥'이라고 해요. 편하게 그냥
밥 아저씨라고 불러도 좋아
요. 저는 동물원 관리를 책
임지고 있어요. 우리 동물원에
와 본 적 있는 사람, 손 들어 볼
까요?"

루시만 빼고 모두 손을 번쩍 들었
다. 루시는 항상 초콜릿 공장으
로만 가족 나들이를 갔기 때문에
동물원에 온 것은 이번이 처음이었다.

"짐작했던 대로 우리 동물원에 와 본 사람이 많네요. 하
지만 이번 소풍은 전과는 완전히 다를 거예요. 오늘 우리는
사파리 여행을 하게 될 거니까요!"

"우아!"

아이들 모두 좋아서 입을 다물지 못했다.

"우리 동물원 사파리에는 어떤 동물이 있을까요? 아는 사람?"

"코끼리요."

밥이 묻자 랄프가 얼른 대답했다.

"수마트라호랑이 '줄탄'이요."

손도 큰 목소리로 외쳤다.

"기린이요."

말콤도 의견을 냈다.

"호주 유대목 동물도 있을 것 같아요."

이번에는 사라였다.

"유대목 동물이라……. 그건 여러분이 알기에는 너무 어려운 용어인데. 괜찮다면, 함께 온 친구들에게 유대목 동물이 뭔지 설명해 줄 수 있나요?"

밥의 물음에 사라가 자신 있게 말했다.

"유대목은 새끼를 넣어 다닐 수 있는 주머니를 가진 동물을 말해요. 그러니까 캥거루 같은 동물이요."

밥이 사라를 보며 환하게 웃었다.

"아주 잘 설명해 주었어요. 또 어떤 동물을 볼 수 있을까요?"

"알비노 판다요."

이번엔 시애라가 대답했다.

"그렇죠! 우리 동물원에는 태어난 지 얼마 안 된 알비노 판다 '부 헤이'가 있어요. 알비노 판다는 세상에 단 두 마리

뿐인데, 그중 한 마리가 우리 동물원에 있는 거랍니다!"

알비노 판다 이야기가 나오자 밥의 목소리가 훨씬 열정적으로 변했다.

"진짜? 우아!"

아이들이 다시 한번 탄성을 내질렀다.

"오늘 저는 여러분에게 사파리 안내를 해 주지 않을 거예요. 여러분이 직접 사파리 여행을 해야 하지요. 사파리 수수께끼를 풀어 가면서 말이에요."

"사파리 수수께끼가 뭔데요?"

랄프가 물었다.

"아, 그건 다음에 어떤 동물을 보게 될지를 알려 주는 수수께끼예요. 스워드 선생님이 나눠 주신 활동 안내문을 보면, 동물원 지도가 있을 거예요. 하지만 각각의 구역에 어떤 동물들이 사는지 이름이 적혀 있지는 않아요. 구분만 되어 있지요. 예를 들면 '동양의 곰들'이나 '날지 못하는 날개를 가진 친구들' 같은 식으로 써 있어요. 오늘 여러분의 임무는 각각의 빈칸에 알맞은 동물의 이름을 적어 넣는 거예요. 사파리 수수께끼를 잘 풀어서 빈칸을 모두 채우기를 바랄게요."

밥의 설명이 끝나자마자 숀이 고개를 갸웃했다.

"하지만 종이에는 수수께끼가 하나밖에 없는걸요."

"맞아요. 첫 번째 수수께끼를 잘 풀어서 그 동물이 사는
구역에 도착하면, 또 다른 사파리 수수께
끼가 여러분을 기다리고 있을 거예요.
그럼 그 수수께끼가 지시하는 대로
다음 동물을 찾아가면 되겠지요."

"아아, 따분해."

버트가 투덜거렸다. 그러자 밥이
버트를 똑바로 쳐다보며 물었다.

"지금 저 뒤에서 질문한 건가요?"

"뭐 하러 귀찮게 수수께끼를 풀
어요? 그냥 동물원을 걸어 다니면
서 동물들을 보고, 빈칸을 채우면 안 되나요?"

버트가 퉁명스럽게 말했다.

"그럴 수도 있겠죠. 하지만 모든 동물이 쉽게 눈에 띄는
것은 아니에요. 우리는 각각의 구역을 그 동물의 자연 서식

지와 비슷하게 만들어 놓았어요. 그래서 돌도 많고, 나무도 많고, 동물이 숨을 수 있는 장소도 많지요. 게다가 동물들 중에는 위장술에 뛰어난 녀석들도 있고, 야행성이라 낮에는 거의 꼼짝 않는 녀석들도 있거든요."

밥이 열심히 설명하는 동안, 버트는 시끄럽다는 시늉을 하며 시큰둥한 태도를 보였다. 밥이 버트를 쳐다보며 물었다.

"이런! 제 얘기가 너무 쉽게 들린다면, 여기 있는 친구들한테 오카피하고 임팔라가 어떻게 다른지 설명을 좀 해 줄까요?"

그러자 버트가 금세 입을 열었다.

"둘 다 아프리카 동물이고요, 오카피는 열대우림에 살아요. 몸은 어두운 갈색이고, 다리에는 줄무늬가 있어요. 하지만 임팔라는 목초지에서 살아요. 몸은 흐린 갈색에, 뿔이 있고요."

아이들은 깜짝 놀라서 벌어진 입을 다물지 못했다. 스워드 선생님과 밥도 마찬가지였다. 우등생처럼 똑똑해 보이는 걸 끔찍이 싫어하는 버트가 얼른 한마디 덧붙였다.

"아니, 뭐……. 말하자면 그렇다는 거죠."

이때 사라가 질문을 던졌다.

"맨 아래 적힌 '비밀의 문장'이라는 건 뭐예요?"

소풍을 와서도 사라는 선생님이 나눠 준 활동 안내문을 다른 아이들보다 먼저 읽기 시작했다. 버트가 자기보다 아프리카 동물에 대해 더 많이 안다는 사실이 아무래도 싫은 모양이었다.

"안 그래도 그 얘기를 하려던 참이었어요. 비밀의 문장에 해당하는 빈칸에, 우리 동물원 사파리에서 만나게 될 동물들의 영어 이름 첫 글자를 차례로 적으면 돼요. 그러면 저절로 알게 될 거예요."

"아!"

아이들이 동시에 고개를 끄덕였다. 물론, 버트만 빼고 말이다. 모두들 사파리 수수께끼만큼이나 비밀의 문장도 어서 풀고 싶은 눈치였다.

밥이 마지막으로 한마디를 더 했다.

"다들 수수께끼를 어서 풀고 싶은 모양이네요. 자, 지금부터 이 길을 따라가세요. 동물들에게 절대 먹이를 주면 안 된다는 거, 잊지 말고요! 동물원에서의 신나는 하루를 마음껏 즐기도록 하세요!"

아이들은 첫 동물을 만나러 달려가는 대신, 자리에 앉아
수수께끼를 푸느라 끙끙거렸다. 페니도 랄프의 손목 너머로
보이는 글자들을 읽을 수 있었다.

1톤이 훌쩍 넘는 몸무게.

난 아프리카 태양 아래 살지.

진흙에서 뒹구는 걸 무지 좋아해.

내 우락부락한 얼굴이 맘에 쏙 들걸?

페니가 수수께끼
를 다 읽기도 전에,
누군가 랄프를 획
잡아끄는 것이 느껴
졌다. 사라였다.
"어서 가자!"
사라가 한 손으로는 지도
와 수수께끼를 들고, 다른 한

손으로는 다급하게 랄프 어깨를 잡아끌며 말했다.

"첫 번째 사파리 수수께끼를 풀었어. 다른 애들보다 먼저 가야 해. 그러니까 서둘러!"

사라가 다시 랄프를 재촉했다. 드디어 랄프와 사라와 필기 구들의 길고 긴 사파리 여행이 시작되었다.

수수께끼를 풀어라

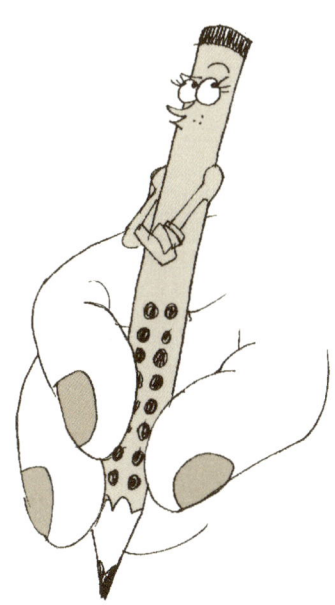

"우리 어디로 가고 있는 거야?"

랄프가 물었다. 랄프는 사라를 따라가느라 숨이 턱까지 차오른 상태였다.

"쉿! 좀 더 가서 알려 줄게. 누가 들을 수도 있거든."

사라가 손가락을 입에 갖다 대며 말했다.

랄프는 허리를 잔뜩 굽히고서 잠시 숨을 고르더니 다리 사이로 고개를 숙인 채 이야기했다.

"사라, 이러고 서 있으니까 우리가 뛰어온 길이 다 보여. 물론 거꾸로 보이기는 하지만. 아무튼 길에는 아무도 없어. 우리를 따라오는 사람이 하나도 없다고."

사라가 다시 한번 뒤를 살핀 뒤에 입을 열었다.

"아, 그렇다면 알려 줄게. 우리는 지금 아프리카 거대 동물

구역으로 가는 중이야."

랄프가 이상하다는 듯 고개를 갸웃했더니 사라가 랄프를
울타리 앞으로 이끌었다.

"걱정 마. 바로 여기니까!"

랄프가 사라 뒤쪽을 바라봤다. 진흙탕에서 뒹굴고 있는
한 무리의 하마 떼가 보였다.

"그러네! 하마야!"

하마의 영어 이름은 히포(Hippopotamus)였다. 랄프는 얼른 비밀의 문장 첫 번째 칸에 대문자 H를 적어 넣었다.

사라가 하마에 대한 설명이 적혀 있는 나무판 뒤에서 종이 한 장을 꺼내며 말했다.

"그리고 여기, 다음 사파리 수수께끼 단서가 있어."

맛있는 것이 먹고 싶을 때,

난 개미굴로 찾아간다네.

내 코는 길고, 내 혀는 끈끈해.

게다가 무척 까다로운 이름을 가졌지.

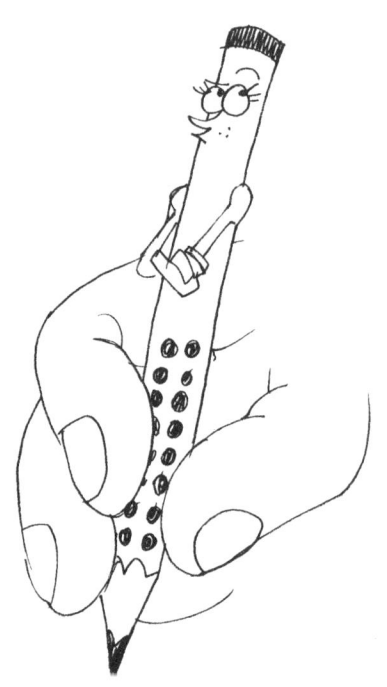

"이름이 무척 까다롭다고?"

페니처럼 받아쓰기 도사인 사라가 생각에 잠겼다.

"음, 개미핥기 같은 건가? 그게 받침도 까다롭고, 개미도 먹잖……."

받아쓰기에는 영 소질이 없는 랄프도 열심히 생각해서 말하고 있는데 사라가 소리쳤다.

"바늘두더지가 개미를 먹어! 바늘두더지 영어 철자가 어떻게 되는지 아니, 랄프?"

"그게, 그러니까……. E, K……."

랄프가 웅얼거렸다.

페니도 무슨 생각을 하는지 눈동자를 도르르 굴렸다.

"그게 분명해!"

사라가 랄프 손을 꼭 잡고 호주 유대목 구역으로 이끌며 말했다.

하지만 랄프와 사라가 바늘두더지 우리 앞에 도착했을 때, 그곳에 사파리 수수께끼 단서는 없었다. 바늘두더지가 이번 수수께끼의 정답이 아니라는 뜻이었다.

"이상하다. 난 바늘두더지가 틀림없다고 생각했거든. 이 녀석들은 개미를 먹는단 말이야. 여기에도 그렇게 나와 있잖아."

사라가 한숨을 내쉬며 바늘두더지에 대한 설명이 적힌 나무판을 가리켰다. 정말로 나무판에는 바늘두더지가 개미를 먹는다고 써 있었다.

"사라, 이런 얘기는 정말 하고 싶지 않지만……. 어쩌면, 정말 어쩌면 네가 틀렸을 수도 있잖아. 물론 그럴 가능성은 무지무지 낮겠지만."

랄프가 아무렇지도 않은 표정을 지으려고 무진 애를 쓰면서 조심스럽게 입을 열었다. 사라는 랄프를 물끄러미 바라보다가 벌컥 성을 냈다.

"좋아! 그럼 영리한 아저씨, 개미를 먹는 다른 동물이 또 뭐가 있는데?"

"음, 아마…… 도오……."

랄프가 뜸을 들였다.

"알았어, 알았다고! 그러니까 굳이 애쓰지 않아도 돼."

사라가 잔뜩 심통 난 표정으로 들고 있던 동물원 지도를 보며 말했다. 그러자 랄프가 두 눈을 끔벅이며 물었다.

"뭘 애쓰지 않아도 된다는 거야?"

"도-오-왜-지. 돼지. 땅돼지! 아드바크(Aardvark) 말이야. 그거 생각해 내려던 거 아니었어?"

사라는 랄프를 쳐다보지도 않고 지도에만 시선을 고정한

채 대답했다.

"너, 내가 땅돼지 영어 이름을 알 거라고 생각했어?"

랄프가 사라를 빤히 쳐다보며 물었다.

"그럼, 아니었어?"

사라가 실눈을 뜬 채 되물었다.

"무, 물론 알고 있었지."

랄프는 순식간에 얼굴이 빨개지더니 괜스레 들고 있던 지도를 살피는 척했다.

"땅돼지를 보려면 아프리카 식충 동물 구역으로 가야 해. 음, 이쪽이다!"

사라가 걸음을 서둘렀다.

랄프와 사라가 아프리카 식충 동물 구역에 도착하자마자, 말콤과 숀이 헐레벌떡 그곳을 떠났다. 그런데 서로 다른 방향이었다.

"말콤, 극지방 새 구역은 이쪽이야!"

숀이 고함을 질러 댔다.

"숀, 거긴 북극곰 우리로 가는 길이야. 극지방 새가 아니고. 우리는 남극 동물 구역으로 가야 한단 말이야."

말콤이 손사래를 쳤다. 숀은 잠시 지도를 살펴보더니 방향을 바꿔서 말콤을 따라 뛰어갔다.

랄프와 사라는 땅돼지를 찾기 시작했다. 땅돼지 찾기는 생각보다 쉬웠다. 아이들이 땅돼지 우리 앞에 잔뜩 모여 있었기 때문이다.

"쯧, 아이참!"

사라가 혀를 찼다. 자기 실수 때문에 이렇게 뒤처졌다고 생각하니 마음이 영 불편했다.

"어서 가자, 시애라!"

루시가 시애라를 부르며 휙 돌아서다가 하마터면 사라와 부딪힐 뻔했다.

"미안해, 사라. 널 못 봤어. 가만, 그런데 너희는 왜 그쪽으로 갔던 거야?"

루시가 얼른 사과하며 물었다. 사라는 발갛게 달아오른 양 볼을 감추려고 애쓰면서 대답했다.

"우리는……. 음, 좀 돌아서 왔어."

"돌아서 왔다고? 실수한 건 아니고?"

버트가 사라 옆으로 불쑥 끼어들며 이죽거렸다.

"아니거든! 원숭이 우리에 잠깐 들러서 네 친척들 좀 만나
고 왔다, 왜! 가자, 사라."

랄프가 얼른 나서서 사라를 잡아끌었다.

"랄프, 땅돼지는 저쪽에 있잖아."

사라가 제자리에서 버티며 조용히 말했다.

"하지만 사라, 우린 이쪽으로 가야 해."

랄프가 땅돼지 우리와 반대쪽을 가리켰다.

"그렇지만 사파리 수수께끼 단서는 저쪽에 있는걸."

사라는 고집을 꺾지 않았다.

"나도 알아. 내가 벌써 읽었거든."

랄프가 고개를 끄덕였다.

"그건 나도 읽어 봐야 하는 거 아니야? 그러니까 내 말은, 아까 내가 실수를 하긴 했지만, 원래 퀴즈는 내가 더……."

사라가 웅얼거리자 랄프가 조바심을 내며 발걸음을 옮겼다.

"알았으니까, 일단 가자. 다음 수수께끼 단서가 뭐였는지는 펭귄한테 가면서 말해 줄게."

앞부분은 네가 지금 쓰는 것과 같고,
뒷부분은 밤처럼 까만 술로 시작하지.
내 걸음걸이는 뒤뚱뒤뚱 아주 재미나.
나는야 남극의 수영하는 새.

"남극의 수영하는 새라면 펭귄이 맞아."

이번엔 사라도 인정하지 않을 수 없었다. 그리고 좀 더 신중하려고 애쓰며 말했다.

"그런데 처음 세 줄은 도대체 뭘 뜻하는 거지? 아까처럼 또 실수하고 싶지 않으니까 확인하고 가자."

생각에 잠겨 있던 랄프가 심호흡을 하더니 입을 열었다.

"음, 넌 지금 펜으로 글씨를 쓰고 있어. 펜은 영어로 Pen 이지. 그리고 어른들이 마시는 '기네스(Guinness)'라는 흑맥 주는 색깔이 밤처럼 까매."

랄프의 말을 듣고 사라가 흥분해서 외쳤다.

"그러니까 Pen 뒤에다 기네스 맥주의 처음 네 글자 guin 을 붙이면 펭귄(Penguin)이 된다는 거구나! 얼른 가자. 벌써 펭귄 우리에 가 있는 애들도 있을 거야. 랄프, 뭘 그렇게 꾸 물거리는 거야?"

사라는 뒤도 돌아보지 않고 헐레벌떡 달려갔다. 못 말리 겠다는 듯 머리를 설레설레 흔들면서 랄프도 사라의 뒤를 쫓았다.

드디어 랄프와 사라가 펭귄 우리에 도착했다. 이번에도 우 리 앞은 먼저 온 아이들로 북적거렸다. 하지만 다음 수수께 끼 단서에 관심을 갖는 사람은 없는 것 같았다. 모두들 펭 귄들이 선보이는 환상적인 공연에 온통 마음을 빼앗긴 상태 였다.

　줄지어 선 펭귄들이 나지막한 얼음 언덕을 뒤뚱뒤뚱 올라가고 있었다. 그리고 언덕 꼭대기에는 이미 한 무리의 펭귄들이 옹기종기 모여 앉아 있었다. 짤막한 다리로 걷고 또 걸어서 비좁은 언덕 꼭대기에 막 도착한 펭귄은 먼저 와 있던 무리에 끼려고 안간힘을 썼다. 엉덩이와 배를 사정없이 들이대는 바람에 무리에 끼어 있던 다른 펭귄 한 마리가 튕겨져 나와 결국 불룩한 배로 미끄럼틀을 타듯 얼음 언덕을 내려갔다.

그렇게 미끄러진 녀석은 요란한 소리를 내면서 물속에 풍덩 빠지고 말았다. 물에 빠진 펭귄은 정신을 차리자마자 부지런히 헤엄을 쳐서 얼음 언덕 가장자리로 기어 올라갔다. 그러고는 열심히 얼음 언덕을 오르는 펭귄들의 긴 줄 끝에 다시 섰다.

"나도 펭귄이면 좋겠다. 그러면 저 녀석들처럼 하루 종일 수영하고 미끄럼을 탈 수 있을 텐데."

시애라는 펭귄들이 무척 부러운 모양이었다.

"하지만 날생선만 먹어야 하잖아."

루시가 걱정스럽게 말했다.

"그거라면 괜찮아. 난 생선회 무지 좋아하거든."

시애라가 씩 웃었다.

"더 볼 거니? 우리는 다음 수수께끼 단서를 찾아보는 게 좋겠어."

사라가 랄프에게 속삭였다.

랄프와 사라는 비밀의 문장 세 번째 칸에 펭귄의 영어 이름 첫 글자인 P를 적어 넣었다. 그런 다음 수수께끼 단서를 읽기 위해 아이들 사이로 파고들었다.

나는야 동양의 곰.

반은 검고, 반은 희다네.

우적우적 대나무 씹어 먹는 걸 좋아하지.

그게 바로 세상에서 제일 멋진 일이지.

"동양의 곰들아, 우리가 왔다!"

'아시아 남동부 살쾡이 구역'과 '열대 새 구역'을 지나 판다 우리에 제일 처음으로 도착한 랄프와 사라가 외쳤다.

랄프는 페니를 손에 쥐고서 비밀의 문장 네 번째 칸에 P라고 적었다. 판다의 영어 이름이 Panda였기 때문이다.

"여기 수수께끼가 있어. 나는 털북숭이 암소를 많이 닮았……."

랄프가 들뜬 목소리로 말했다.

"아무려면 어때!"

사라가 우리를 빙 둘러싸고 있는 유리에 달라붙어 판다를 들여다보며 중얼거렸다.

"뭐라고?"

랄프가 놀라 묻자 사라가 판다 우리에서 눈을 떼지 않은

채 대답했다.

"우리가 여기 일등으로 왔잖아. 그러니까 잠깐 쉬면서 판
다를 좀 봐도 괜찮겠다는 말이야. 온몸이 하얗다는 그 알비
노 아기 판다는 어디 있는 거지?"

"밥 아저씨가 그랬잖아. 태어난 지 얼마 안 됐다고. 그러니
까 이 중에서 제일 작은 녀석일 거야."

랄프도 대나무 사이에서 작고 하얀 판다를 찾으려고 두리 번거렸다.

랄프와 사라는 어찌나 새끼 판다를 열심히 찾았는지, 뒤에서 동물원 관리 차량이 윙 소리를 내며 다가오는 줄도 몰랐다.

"큼큼! 두 사람, 벌써 여기까지 온 거니?"

인기척을 느낀 랄프와 사라가 얼른 뒤를 돌자 밥이 운전석에 앉아 있었다.

"너희들 사파리 수수께끼를 벌써 네 개나 푼 거야? 제발 수수께끼가 너무 쉽다는 말은 말아 주렴!"

"절대 쉽지 않았어요. 제 친구 사라는 전교에서 제일 똑똑한 아이거든요. 그런 사라도 한 번 실수를 하……. 으악!"

랄프가 아파서 어쩔 줄 몰라 하며 사라가 발로 찬 정강이를 문질렀다.

"네가 학교에서 제일 영리한 학생인가 보구나. 그래, 어떤 문제가 어려웠니?"

밥이 묻자 사라가 잔뜩 기어 들어가는 목소리로 대답했다.

"수수께끼 단서가 좀 아리송했어요. 전 개미를 먹고, 쓰기 어려운 이름을 가진 동물이 바늘두더지라고 생각……."

"아차! 그것도 되겠구나!"

밥이 무릎을 탁 쳤다. 하지만 곧 시무룩한 표정으로 말했다.

"음, 그런데 이제는 바꿔도 소용없는 일이지."

사라가 고개를 갸웃했다.

"저희한테는 소용없는 일이지만, 다른 학교 학생들이 동물원에 올 때는……."

"그럴 일은 없어. 이제 학생들은 우리 동물원에 오지 않을 테니까."

밥이 슬픈 목소리로 말했다.

"왜 안 와요?"

랄프가 놀라서 물었다.

"동물원이…… 문을 닫기 때문이야."

"문을 닫는다고요? 왜요?"

랄프와 사라가 동시에 외쳤다.

"동물원을 유지하려면 많은 비용이 들어. 동물들 먹이부터 시작해서 동물을 돌보는 사람들 월급, 동물 우리 수리

비용 등 아주 많지. 그래서 시장님께서 동물원을 팔기로 하셨다나 봐. 우리 동물원 운영비 대부분을 시에서 부담하거든."

밥이 한숨을 폭 내쉬더니 차근차근 설명했다.

"누구한테 파는데요?"

사라가 질문했다.

"펜즈 주식회사에 판다고 하더라. 그 회사는 동물원을 부수고, 매직펜 공장을 세울 계획이래."

밥의 설명을 듣다가 '매직펜'이라는 말에, 페니가 고개를 번쩍 들었다.

"매직펜 공장이요? 하지만 매직펜 공장에서는 동물들이 살 수 없잖아요. 그럼 동물들은 모두 어떻게 되는 거죠?"

랄프가 고개를 갸웃했다.

"다른 동물원에 입양될 수 있도록 애쓰고 있어. 하지만 지금까지 성과가 별로 좋지 않아서 걱정이네."

밥이 착 가라앉은 목소리로 얘기했다.

"동물원이 언제 문을 닫나요?"

사라가 물었다.

"다음 주 주말에 닫게 될 거
야. 동물원을 살릴 방법이 있으면
참 좋을 텐데 말이야……."

밥의 이야기를 듣던 랄프의 얼굴이 순간 환해졌다.

"사라가 얼마나 똑똑하다고요. 그러니까 틀림없이 뭔가 근
사한 방법을 생각해 낼 거예요!"

"그렇다고 해도, 정말 훌륭한 계획이 아니면 어려울 거야.
벌써 매직펜 만드는 데 필요한 재료들이 들어오기 시작했
거든."

밥이 옆쪽을 가리키며 말했다. 아니나 다를까, 판다 우리 옆에 검은 잉크가 담긴 커다란 탱크들이 산처럼 쌓여 있었다.

마침 자동차 안에서 칙칙거리는 소리가 났다.

'알파 원, 알파 원! 속히 코끼리 우리로 가 주기 바란다.'

"얘들아, 나는 가 봐야겠다. 코끼리가 응급 상황인 모양이야!"

밥이 바람처럼 휙 자리를 떠났다.

랄프와 사라는 판다를 바라보며 가만히 서 있었다. 동물원을 살릴 근사한 계획을 생각해 내려고 애쓰는 중이었다. 두 사람 바로 옆에서 누군가 다음 수수께끼 단서를 큰 소리로 읽고 있었지만, 랄프와 사라 귀에는 그 소리가 전혀 들리지 않았다.

나는 털북숭이 암소를 많이 닮았지.

내 뿔은 뾰족하다네. 그러니 조심하길!

반려 동물로는 전혀 적합하지 않지.

난 티베트 고원 지대에서 왔다네.

"설마 아직도 수수께끼를 못 푼 건 아니겠지?"

말소리가 들려서 랄프와 사라가 고개를 돌리자 버트가 뒤에서 이죽거리고 있었다.

"그럼, 형님 먼저 간다. 이 멍청이들아!"

버트가 기린, 사슴, 소, 양 등이 있는 구역으로 달려가며 어깨 너머로 외쳤다.

랄프 바지 뒷주머니에 꽂혀 있던 페니는 몹시 걱정스러운 눈길로 멀어지는 버트의 뒷모습을 바라보았다. 지금껏 버트 근처에는 항상 검은 매직펜이 있었다. 그러니 만에 하나, 검은 매직펜이 밥의 이야기를 엿듣기라도 했다면 정말 큰일이었다. 예정대로 동물원이 매직펜 공장으로 탈바꿈하도록 수단과 방법을 가리지 않을 게 불을 보듯 뻔했기 때문이다.

4

능청맞은 도둑

페니는 어서 점심시간이 되기를 손꼽아 기다렸다. 이 무시무시한 소식을 필통 안 친구들에게 어서 알려야 했으니까. 버트가 슬쩍 실마리를 던져 주고 갔는데도, 랄프와 사라가 다섯 번째 수수께끼를 푸는 데는 꽤 오랜 시간이 걸렸다. 티베트에서 온 털북숭이는 바로 '야크'였다.

"하마(Hippopotamus), 땅돼지(Aardvark), 펭귄(Penguin), 판다(Panda) 그리고 야크(Yak). 이 다섯 가지 동물들의 영어 이름 첫 글자를 모으면 HAPPY야. 비밀의 문장 첫 낱말이 완성됐어. 이제 우리 잠깐 쉬면서 점심 먹을까?"

사라가 말했다.

"그거 좋지!"

랄프는 신이 나서 페니를 필통에 획 던져 넣고 얼른 샌드

위치를 꺼냈다.

"무슨 일 있니, 페니?"

맥이 필통으로 다시 돌아온 페니에게 조심스럽게 물었다.
랄프 손이 페니를 거칠게 지퍼 안으로 던져 넣는 것을 보고
걱정이 되었기 때문이다.

"그 녀석…… 돌아왔어……. 동물원 문을 닫고……, 매직
펜 공장……."

페니는 제대로 말을 잇지 못했다.

"진정해, 페니. 숨을 크게 한 번 들이쉬어 봐. 그러고 나서

한 번에 한 가지씩 우리한테 말하는 거야."

수정액이 차분히 말했다. 잠시 숨을 고른 페니가 다시 입을 열었다.

"그 녀석이 돌아왔어. 검은 매직펜이 돌아왔다고!"

필기구들이 일제히 입을 떡 벌린 채 아무 말도 못했다. 모두 겁에 질린 표정이었다. 하지만 수정액은 달랐다. 눈살을 잔뜩 찌푸린 채 입을 굳게 다물고 있을 뿐이었다.

"검은 매직펜 녀석이 동물원 문을 닫게 만들고, 그 자리에 거대한 매직펜 공장을 세우려고 해!"

페니의 말에 색연필들 절반은 기절해 버렸다. 맥과 얼룩이도 덜덜 떨기 시작했다.

"모두 진정해. 페니, 검은 매직펜이 돌아왔다는 확실한 증거가 있는 거니? 그리고 녀석이 동물원을 매직펜 공장으로 바꾸려 한다고 생각하는 이유는 뭐야?"

수정액이 손을 들어 올려 필기구들을 진정시키며 물었다.

"동물원 관리 책임자인 밥 아저씨가 랄프랑 사라한테 얘기하는 걸 들었어."

"그 관리 책임자라는 사람이 검은 매직펜의 짓이라고 꼬집어 말했니?"

수정액이 페니의 말을 되짚으려는 듯 다시 물었다. 그러자 페니가 고개를 저었다.

"아니. 하지만 버트가 엿듣고 있었고, 검은 매직펜……."

검은 매직펜이라는 말이 나올 때마다 점점 더 많은 색연필들이 정신을 잃었다.

"페니, 네가 검은 매직펜을 마지막으로 본 게 언제였지?"

수정액이 페니를 가만히 바라보며 물었다.

"우주 캠프에서였지."

페니가 대답했다.

"그때, 그 녀석이 어땠는데?"

수정액이 계속 물었다.

"전보다 더 크고, 더 비열하고, 더 근육질에다……."

"아니. 네가 녀석을 마지막으로 보았던 그 순간에, 녀석의 상태가 어땠냐고."

수정액이 하나하나 짚어 가며 질문을 던졌다.

"로켓이 발사되던 순간을 말하는 거야? 로켓의 불꽃 열기 때문에 플라스틱으로 된 녀석 몸통이 부글거리면서 녹아내렸어. 녀석은 검게 탄 플라스틱 덩어리로 변해 버렸지."

"바로 그거야!"

수정액이 소리쳤다. 수정액은 색연필들을 안심시키려고 뒤를 바라보며 말을 이었다.

"과거에 검은 매직펜이 기적처럼 살아난 적이 있었다는 건 나도 인정해. 정말 말도 안 되는 상황에서 살아 돌아온 적도 있었어. 하지만 우주 캠프에서는 우리 눈으로 직접 봤잖아.

녀석의 플라스틱 몸통이
로켓 불꽃에 녹아내
리는 걸 말이야.
녀석이 다시 살
아 돌아올 가능
성은 없어. 전혀!"

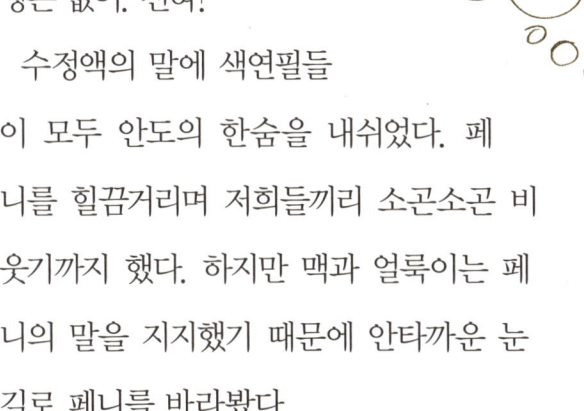

　수정액의 말에 색연필들
이 모두 안도의 한숨을 내쉬었다. 페
니를 힐끔거리며 저희들끼리 소곤소곤 비
웃기까지 했다. 하지만 맥과 얼룩이는 페
니의 말을 지지했기 때문에 안타까운 눈
길로 페니를 바라봤다.

　수정액은 만족스러운 듯 고개를 끄덕이며
필기구들 앞에서 물러났다. 그리고 페니, 맥, 얼룩이에게 말
했다.

　"너희 셋, 나하고 잠깐 저기로 가자."

　수정액이 셋을 이끌고 필통 안 구석진 곳으로 자리를 옮
기더니 조용히 물었다.

"페니, 그 관리 책임자가 매직펜 공장에 대해서 또 뭐라고
했니?"

그러자 페니가 심통 난 목소리로 말했다.

"왜 그렇게 관심을 갖는 건데? 검은 매직펜이 돌아왔다고
믿지도 않으면서 말이야."

"페니, 나도 네 말을 믿어."

수정액이 나지막이 대답했다.

"오호라, 그러세요?"

페니가 입술을 실룩이며 비아냥거렸다.

"녀석의 플라스틱 몸통은 아마 녹아 버렸을 거야. 하지만
검은 매직펜은 뼛속까지 사악한 녀석이야. 만일 잉크가 담
긴 부분이 그대로 남았다면, 여전히 멀쩡
하게 돌아다니고 있을지도 모
른다는 얘기야."

수정액이 차분하게 생각을
말하자, 겁에 질린 얼룩이 입
에서 저도 모르게 비명이 새어
나왔다.

"이 사실을 모두에게 알려야 하지 않을까?"

맥이 물었다. 하지만 수정액은 고개를 저었다.

"내가 좀 전에 그렇게 말했던 건, 색연필들을 진정시키기 위해서였어. 색연필들이 얼마나 흥분을 잘하는지 너희도 잘 알잖아. 페니가 검은 매직펜 이름만 몇 번 말했을 뿐인데 반이나 기절해 버렸다고! 그러니 생각해 봐. 녀석이 정말로 돌아온 걸 알면, 필통 안이 얼마나 혼란스러워지겠어?"

비명이 터져 나오려는 걸 간신히 참으며 얼룩이가 입을 열었다.

"필통이 문제가 아니야. 공장이 들어서고, 매직펜이 대량으로 생산되면, 검은 매직펜이 매직펜 군대를 거느리게 될 거야. 그러면 온 세상이 다 혼란스러워질 거라고. 랄프와 사라가 다니는 학교가 바로 코앞인데, 어쩌면 좋아!"

"너무 서두르지 말자. 페니, 그 관리 책임자가 다른 말은 안 했어? 버트가 엿들었을 만한 다른 얘기 말이야."

수정액이 필기구들을 진정시키며 물었다.

"버트가 언제부터 그 자리에 같이 있었는지는 잘 모르겠어. 어쩌면 매직펜 재료 가운데 일부가 벌써 배달되었다는 얘기를 들었을지도 몰라."

페니가 고개를 갸웃했다.

"재료들이 정확히 어디로 배달됐는데?"

"판다 우리 근처야."

"그럼 거기서부터 시작해야겠다."

수정액이 눈을 반짝이자 페니가 고개를 갸웃하며 곰곰 생각에 잠겼다.

"하지만 거기에 어떻게 가지? 랄프와 사라는 벌써 판다 우리에 다녀왔……."

그때 맥이 활짝 웃으며 나섰다.

"내가 알아!"

하지만 페니는 맥이 하는 얘기를 듣지 못했다. 필통 지퍼 사이로 들어온 랄프의 엄지손가락과 집게손가락이 페니의 몸통을 휘감아 밖으로 끄집어냈기 때문이다. 어두운 필통 안에 있다가 밖으로 나오니 따가운 햇살에 눈이 부셨다. 점심시간이 모두 끝난 모양이었다.

페니는 눈을 가늘게 뜨고 주변을 살펴봤다. 수풀이 우거진 우리 안에서, 검은색과 흰색 줄무늬를 지닌 말이 빠른

속도로 걷고 있었다.

"이제 알겠어?"

비밀의 문장 여섯 번째 칸에 Z를 적어 넣으며, 사라가 자랑스럽게 말했다.

난 일종의 줄무늬 말이야.
내 고향은 물론 아프리카지.

내 이름은 잘 쓰이지 않는 알파벳으로 시작해.

그리고 여성 속옷 명칭으로 끝을 맺지.

"이 수수께끼의 정답은 바로 얼룩말! 지브라(Zebra) 말이
야!"

사라가 뿌듯한 듯 힘주어 말했다.

"뭐, 그건 첫 줄만 읽어도 알 수 있는걸. 그러니까 여성 속
옷이니 뭐니 하는 힌트까지 갈 필요도 없다고."

랄프가 당황해서 웅얼거리자 사라가 웃으며 말했다.

"여기 다음 단서가 있어. 가서 읽어 보자."

랄프는 소리 내서 읽기 전에, 눈으로 먼저 단서를 살폈
다. 여성 속옷보다 더 곤란한 말이 나올 경우를 대비한 것
이었다.

나는 그네처럼 앞뒤로 흔들리는 걸 좋아해.

제일 좋아하는 건 노란 바나나.

사는 곳은 열대 우림.

내 털은 온통 오렌지색이라네.

"답은 오랑우탄이야. 자, 얼른 가 보자!"

사라가 소리쳤다.

앞서거니 뒤서거니 달리던 랄프와 사라는 오랑우탄 우리 앞에 도착했다. 오랑우탄에 대한 설명이 적혀 있는 나무판에 다음 사파리 수수께끼의 단서가 붙어 있었다. 랄프가 비밀의 문장 일곱 번째 칸에 오랑우탄(Orangutan)의 영어 이름 첫 글자 O를 적어 넣었다. 이제 비밀의 문장 절반이 채워졌다.

H A P P Y   Z O □   □ □ □ □ □ □

랄프가 다음 수수께끼 단서를 읽기 시작했다. 무척 쉬운 문제였다.

"난 이거 뭔지 알지이롱!"

랄프가 신나서 리듬을 타며 말했다.

"쉿!"

사라가 손가락을 입술로 가져갔다.

"아이, 알았어. 난 네가 비밀의 문장을 빨리 풀고 싶어 하는 것 같아서……."

랄프가 말했다.

"누가 비밀의 문장 같은 거에 신경이나 쓴대?"

사라가 설명이 적혀 있는 나무판에서 눈을 떼지 않은 채 대꾸했다.

"나도 신경 안 써. 난 벌써 다했거든. 그럼…… 남아 있는 동물원 사파리를 마음껏 즐겨 보셔!"

어느새 나타난 버트가 사라 얼굴 앞에서 활동 안내문을 요리조리 흔들면서 말했다. 하지만 사라는 버트 말에 아랑곳 않고 랄프 쪽으로 고개를 돌렸다. 고개를 돌린 사라의 눈에 그렁그렁 눈물이 맺혀 있었다.

"어쩌면 좋아. 이렇게 아름다운 동물이 멸종될 위기에 처해 있대. 전 세계에 3천 마리밖에 남아 있지 않대."

랄프가 오랑우탄들을 바라봤다. 대부분은 어울려 노느라 관람객들은 신경도 쓰지 않았다. 하지만 한 마리만은 호기심 어린 눈길로 랄프를 쳐다보고 있었다.

"오랑우탄들이 왜 멸종 위기에 처한 거야? 내 눈에는 아주 튼튼해 보이는데."

랄프가 멀뚱멀뚱한 눈을 하고 말하자 사라가 눈물을 훔쳐 내며 쯧쯧 혀를 찼다.

"여기 있는 녀석들 말고, 자연에서 살아가는 오랑우탄들이 그렇다는 거야. 서식지가 파괴돼서 먹이나 은신처가 충분하지 않고, 오랑우탄을 불법으로 사고팔려는 사람들 때문에 사냥감으로 희생되기도 한대. 그보다 더 끔찍한 경우도 있고!"

호기심 많은 오랑우탄이 울타리 쪽으로 슬금슬금 움직이더니, 랄프와 사라 가까이 다가왔다.

"이거 봐. 우리하고 친구가 되고 싶어 해."

사라가 말했다. 때마침 오랑우탄이 랄프 바로 앞 울타리를 향해 팔을 길게 쭉 뻗었다. 그러더니 순식간에 랄프가 손에 들고 있던 페니를 휙 낚아챘다. 페니를 낚아챈 오랑우탄은 우리 안쪽으로 달아났다.

"이봐! 그건 내 연필이야! 어서 돌려줘!"

랄프가 소리를 질렀다.

"이봐! 난 랄프 연필이야! 어서 돌려보내 줘!"

동시에 페니도 외쳤다.

"싫어."

오랑우탄이 페니 눈을 똑바로 바라보며 딱 잘라 말했다.

놀란 페니는 눈만 끔벅거렸다. 그리고는 더듬더듬 말했다.

"너, 너……. 말할 수 있구나!"

"물론이지."

오랑우탄이 당연하다는 듯 대답했다.

"그, 그럼 내가 말하는 것도 들을 수 있고?"

페니가 웅얼웅얼 묻자 오랑우탄이 또 대답했다.

"당연하지."

"당연하다고? 어떻게 그게 가능하지?"

"모든 동물은 말할 수 있어."

오랑우탄이 재미난 표정으로 말했다.

"그렇구나. 만나게 돼서 기뻐. 하지만 이제 나를 랄프한테 좀 돌려보내 줄래?"

그런데 페니의 말에 오랑우탄이 고개를 설레설레 저었다.

"그럴 수 없어."

"아니야. 넌 얼마든지 그럴 수 있어. 먼저, 울타리까지 걸어가는 거야. 그다음에 랄프에게 사과하면서 나를 건네주기만 하면 되는걸. 아! 알았어, 알았어. 사과는 안 해도 괜찮아. 그러면 랄프가 기절할지도 모르……."

페니가 오랑우탄을 살살 달랬다.

"못해."

오랑우탄은 고집을 꺾지 않았다.

"도대체 왜 못하는데?"

페니가 다그쳐 물었다. 그러자 회색 수염과 슬픈 눈을 가진 또 다른 오랑우탄이 페니에게 다가와 말했다.

"왜냐하면, 우린 네 도움이 꼭 필요하거든."

5

검은 공격

"오, 그래? 근데 내 도움이 필요한 건 랄프도 마찬가지거든. 그러니까 사파리 수수께끼……. 가만, 너희가 내 도움이 필요하다고?"

페니가 깜짝 놀라며 묻자 회색 수염 오랑우탄이 고개를 끄덕였다.

"그래. 우리는 위기에 처했거든."

"나도 알아. 너희들 멸종 위기에 처했다지? 아까 설명이 적힌 나무판에서 읽었어. 그리고 내가 나무로 만들어진 연필이라는 것도 알아. 그러니까 무슨 얘기냐 하면, 너희 보금자리인 숲이 사라지고 있는 현실에 대해 나무로 만들어진 나도 어느 정도 책임이 있다는……."

페니가 고개를 끄덕이며 이야기하는데 회색 수염 오랑우

탄이 말을 잘랐다.

"우리 오랑우탄만 위기에 처한 게 아니야."

"나도 안다니까. 숲이 사라지면 코끼리랑 사자들도……."

페니의 말을 듣고 있던 회색 수염 오랑우탄이 답답하다는 듯 또 페니의 말을 잘랐다.

"이봐! 나는 지금 사라지는 숲 얘기를 하는 게 아니라고. 물론 그것도 심각한 문제지만. 아무튼 난 지금 우리 동물 원에 있는 모든 동물들이 처한 현실에 대한 이야기를 하는 거야."

"그럼 여기 있는 동물들이 모두 멸종 위기에 처했단 말이 야?"

페니가 한숨을 내쉬었다.

"그렇게 될 거야. 매직펜 공장이 세워진다면 말이지."

페니를 랄프 손에서 낚아챘던 오랑우탄 롭이 말했다.

"아! 그 얘기였구나."

페니는 이해했다는 듯 고개를 끄덕였다.

"페니, 네 명성은 익히 들었어. 매직펜 길들이기 명수라며?"

회색 수염 오랑우탄이 말했다.

"내 명성? 하지만 어떻게……?"

페니 눈이 동그래졌다.

"말이란 게 원래 돌고 도는 법이니까. 게다가 너에 관한 영웅담이 '특파원 몽키'에 실렸으니 말할 것도 없지."

회색 수염 오랑우탄이 설명했다.

"특파원 몽키? 그게 뭔데?"

페니가 묻자 롭이 설명해 주었다.

"동물원에서 제일 유명한 잡지야. 한 무리의 원숭이하고 타자기를 같은 방에 넣어 두기만 하면, 셰익스피어 작품보다 훨씬 더 흥미진진한 이야기들이 탄생되거든."

그때 수정액처럼 의젓한 느낌을 풍기는 회색 수염 오랑우탄이 말했다.

"롭, 그만하면 잡지에 대한 설명은 충분해. 그리고 페니, 우리한테는 지금 원숭이나 타자기보다 더 긴급한 문제가 있어."

페니와 롭이 입을 꾹 다물었다. 다른 오랑우탄들도 회색 수염 오랑우탄의 이야기를 들으려고 하나둘 모여들었다.

"페니, 동물원이 매직펜 공장으로 바뀔 가능성에 대해 너도 알고 있는지 모르겠……."

회색 수염 오랑우탄이 말을 꺼내는데, 다급해진 페니가 얼른 끼어들었다.

"가능성, 그 이상이지! 벌써 매직펜 재료들이 배달되기 시작했으니까."

"뭐, 벌써?"

"언제?"

"그걸 어떻게 알았는데?"

오랑우탄들이 저마다 질문을 쏟아 냈다.

"관리 책임자가 내 주인하고 얘기하는 걸 들었거든. 판다 우리 옆에 매직펜 재료가 든 커다란 통들이 쌓여 있는 것도 직접 봤고."

페니가 대답했다.

"그렇다면 예상했던 것보다 훨씬 더 심각한 상태인 거네."

회색 수염 오랑우탄이 생각에 잠겼다.

"판다들이 왜 우리한테 알려 주지 않았을까?"

롭이 물었다.

"판다 녀석들 관심은 오로지 대나무뿐이라고. 몰랐어?"

암컷 오랑우탄 헤나가 콧방귀를 뀌었다.

"그만!"

회색 수염 오랑우탄이 조용히 하라는 손짓을 보내고는 페니에게 말했다.

"많은 정보를 알고 있는 걸 보니, 벌써 행동 계획도 세웠을 것 같은데?"

"꼭 그런 건 아니야. 하지만 판다 우리 근처에 쌓여 있는 커다란 통에서부터 시작하는 게 좋을 것 같아."

페니의 말을 들은 회색 수염 오랑우탄의 표정이 조금 밝아졌다.

"그거라면 문제없어. 이제 곧 소심한 피오누알라가 판다 우리로 갈 시간이니까."

"소심한 피오누알라가 누구야?"

모여 있는 오랑우탄들을 둘러보며 페니가 물었다.

"아, 오랑우탄은 아니고 우리 관리인이야."

롭이 알려 주었다.

"그렇구나. 근데 왜 소심한 피오누알라라고 부르는 거야?"

페니가 고개를 갸우뚱거리자 오랑우탄들이 서로 눈길을 주고받으며 실실 웃었다. 심지어 무지무지 점잖은 회색 수염 오랑우탄도 포함해서. 회색 수염 오랑우탄이 설명했다.

"동물이라면 다 무서워서 그런 별명을 얻었지."

"초식이까지도 말이야!"

롭이 거들자 오랑우탄들이 모두 웃음을 터뜨렸다.

그 순간, 열쇠 짤랑이는 소리가 났다.

"쉿!"

회색 수염 오랑우탄이 주의를 주었다.

오랑우탄 우리 문이 천천히 열리더니 장화 한 짝이 아주 조심스럽게 우리 안으로 들어왔다. 그리고 다리와 빼빼 마른 몸도 뒤따라 들어왔다. 장화 주인은 겨우 사라 키 정도밖에 되지 않는 여성이었는데, 겁은 사라보다 훨씬 많아 보였다. 소심한 피오누알라가 입을 열었다.

"착한 원숭이들아, 먹이 가져왔다……."

"우린 원숭이가 아니에요. 오랑우탄이라고요!"

헤나가 씩씩거렸다.

"쉿! 안 그래도 소심한 피오누알라를 겁주면 어떡해! 페니를 판다 우리에 데려다줄 수 있는지 물어봐야 하니까 그러지 말라고."

롭이 헤나를 진정시키고는

페니를 꼭 쥔 손을 쭉 뻗은 채 피오누알라에게 쿵쾅쿵쾅 달려갔다.

하지만 소심한 피오누알라는 사람이기 때문에 동물들이 하는 얘기를 알아들을 수 없었다. 소심한 피오누알라가 보고 들을 수 있는 건, 오랑우탄 한 마리가 자기를 향해 전속력으로 돌진해 온다는 사실뿐이었다. 소심한 피오누알라는 비명을 지르며 우리 문을 향해 달아나기 시작했다.

롭이 팔을 쭉 뻗었다. 그리고 우리에서 뛰쳐나가는 피오누알라의 바지 뒷주머니에 페니를 가까스로 찔러 넣었다.

"안 돼! 뒷주머니는 안 된다고!"

페니가 애원했다. 하지만 이미 늦었다. 우리 문은 닫혀 버렸고, 페니는 피오누알라의 바지 뒷주머니 속에서 납작 눌리고 말았다. 한숨이 절로 나왔다.

"아, 이런! 아무래도 이 사람 별명을 바꿔야겠는걸. '가스 찬 피오누알라'라고 말이야!"

페니는 한 손으로 코를 막고, 나머지 한 손으로는 연신 손부채질을 해 댔다. 신선한 공기를 조금이라도 더 마시고 싶었다.

이윽고 문 여는 소리가 들리더니 소심한 피오누알라가 다른 동물 우리 안으로 살금살금 들어가는 발소리가 이어졌다. 낯선 소리도 들려왔다. 뭔가를 씹는 소리 같았는데, 간간이 '뱀부뱀부뱀부뱀부' 하는 소리도 섞여 있었다.

"착한 곰들아, 안녕."

피오누알라가 소심한 인사를 건넸다. 그러고는 우리 안을 조심조심 돌아다니며 동물원 관리인으로서 해야 할 일들을

했다. 그러는 동안에도
심한 하수구 냄새와 함
께 엉덩이 떨림 증상이
몇 번이나 나타났다.

페니는 얼른 주변을
둘러봤다. 대나무 숲
이 펼쳐져 있고, 사이
사이로 갈고리발톱을 가
진 까만 발이 보였다.

"판다 우리잖아!"

페니가 반가운 마음에 소리쳤다.

그 무렵 피오누알라의 엉덩이 떨림 증상이 마침내 멈춰서
페니는 가까스로 숨을 쉴 수 있게 되었다. 게다가 대나무
덕분에 공기도 꽤 맑았다. 맑은 공기를 한껏 들이쉬는 순간,
페니는 다른 냄새가 코끝에 감돌고 있다는 사실을 깨달았
다. 꽁보리밥을 먹은 사람 뒷주머니에 들어 있는 것보다 더
끔찍한 기분을 느끼게 하는 냄새. 너무나도 강하고, 시커
먼…… 잉크 냄새! 그 냄새가 뜻하는 것은 딱 한 가지였다.

"내가 너무 늦은 것 같아. 녀석은 벌써 이곳에 와 있어."

페니가 한숨을 내쉬었다.

온몸을 꿈틀거리며 뒷주머니 꼭대기로 기어 올라간 페니는 피오누알라가 알아채기 전에 아래로 폴짝 뛰어내렸다. 대나무 숲에 무사히 착륙한 다음에는 잉크 냄새를 쫓아 바쁘게 움직였다. 저만치 보이는 모퉁이에 가까워질수록, 잉크 냄새는 점점 더 강해졌다.

"저건 검은 매직펜이거나, 아니면……."

페니는 깜짝 놀라 입을 다물지 못했다. 눈앞에 나타난 것은 무시무시한 검은 매직펜이 아니라, 작고 귀여운 아기 판다였다.

아기 판다가 이리저리 뒹굴면서 대나무를 우적우적 씹어 먹었다. 온몸이 하얗고 눈과 귀, 팔과 발만 까맸기 때문에 언뜻 보기에는 보통 판다 같았다. 하지만 좀 더 다가가자, 다른 점이 눈에 띄었다. 아기 판다는 짙은 갈색이 아니라 푸른빛 눈동자를 가지고 있었던 것이다.

"네가 혹시 부 헤이?"

페니가 말을 건넸다.

"이젠 아니야, 뱀부뱀부."

아기 판다가 대나무를 먹다 말고 고개를 들었다.

"이젠 아니라니, 그게 무슨 말이야?"

페니가 묻자 부 헤이가 느릿느릿 대답했다.

"내가 태어난 곳에서 '부 헤이'는 검지 않다는 뜻이야, 뱀부뱀부. 하지만 난 이제 제대로 검거든, 뱀부뱀부."

"걱정 마, 부 헤이. 내가 널 이렇게 만든 녀석을 반드시 찾아낼 테니까."

페니가 주먹을 불끈 쥐며 말했다.

"찾거든 고맙다고 전해 줄래? 뱀부뱀부."

부 헤이가 천진난만하게 웃었다.

"고, 고맙다고?"

페니가 놀라 물었다.

"그래. 덕분에 이제 나도 진짜 판다처럼 보이니까, 뱀부뱀부."

페니가 부 헤이에게 진실을 말하려고 하는 순간, 긴 발톱

을 가진 손이 페니를 낚아챘다. 큼지막하고 짙은 두 개의 갈색 눈동자가 호기심 어린 눈빛으로 페니를 뚫어지게 쳐다봤다. 페니는 지금까지 이렇게 큰 판다를 본 적이 없었다. 그뿐만이 아니었다. 지금처럼 판다 입 가까이에 다가와 본 것도 처음이었다. 커다란 판다가 입을 열었다.

"넌 참 이상하게 생긴 대나무구나, 뱀부뱀부."

"대나무 아니야. 난 연필이라고."

페니가 머리를 절레절레 저었다.

커다란 판다가 페니를 멍하니 쳐다보았다.

"나는 연필이야, 뱀부뱀부."

페니가 황급히 자기소개를 다시 했다.

"대나무도 아니고 판다도 아니라고? 그런데 판다 우리 안에서 뭘 하고 있는 거지, 뱀부뱀부?"

커다란 판다가 고개를 갸웃하며 물었다.

"부 헤이에게 이런 짓을 한 정신 나간 녀석을 막으려고 애쓰고 있지."

페니가 부 헤이를 가리키며 대답했다. 그러고는 커다란 판다의 눈치를 살피며 얼른 덧붙였다.

"뱀부뱀부."

"왜, 뱀부뱀부? 부 헤이도 이제야 제대로 된 판다처럼 보이는데, 뱀부뱀부. 이제 전처럼 많은 사람들이 몰려와서 부 헤이를 찾는 일은 없겠지만, 뱀부뱀부. 그래서 새 이름을 지어 줄 생각이야, 뱀부뱀부."

커다란 판다가 의아한 표정으로 말했다.

"우리가 부 헤이를 이렇게 만든 녀석을 잡지 못하면, 앞으로 너희를 보러 오는 사람은 한 사람도 없을 거야. 동물원이 문을 닫게 될 테니까!"

페니가 목청을 높였다. 순간 우리 안의 다른 판다들이 자기를 멍하니 바라보자 페니는 얼른 덧붙였다.

"뱀부뱀부."

판다들은 어깨를 한 번 으쓱해 보이고는 대나무를 먹으려고 각자의 자리로 돌아갔다.

"부 헤이, 뱀부뱀부. 널 이렇게 만든 녀석이 어떻게 생겼는지 기억나니, 뱀부뱀부?"

페니가 애가 타는 목소리로 물었다.

"대나무 조각을 닮았어, 뱀부뱀부. 까맣고, 모자를 썼고, 웃긴 냄새가 나는 것만 빼면, 뱀부뱀부."

부 헤이가 잠시 생각에 잠겼다 입을 열었다.

"역시 짐작했던 대로구나. 그 녀석이 어느 쪽으로 갔는지 봤니, 뱀부뱀부?"

페니가 고개를 끄덕이며 물었다.

"저쪽이야, 뱀부뱀부."

부 헤이가 우리 뒤쪽 문을 가리키며 알려 주었다. 그런데 페니가 걸음을 옮기기 시작하자 부 헤이는 우리 앞쪽을 가

리키며 말했다.

"이쪽이었던 것도 같은데, 뱀부뱀부."

판다 우리 앞은 동물원을 찾은 사람들로 북적댔다. 모두들 알비노 판다를 보려고 목을 빼고 두리번거렸다.

페니가 방향을 바꿔 우리 앞쪽으로 걸음을 떼자 부 헤이가 또 말을 번복했다.

"다시 생각해 보니까, 뱀부뱀부……."

하지만 페니는 부 헤이의 말을 무시해 버렸다. 오로지 대나무 생각밖에 할 줄 모르는 판다들은 이제 사양하기로 했다.

페니는 대나무 숲에 옹기종기 모여 앉은 판다들이 우적우적 씹어 대는 대나무에 쓸려 판다 입 속으로 들어가지 않게 조심하면서 우리를 빠져나왔다. 그리고 수많은 사람들 사이로 섞여 들어갔다.

나무 속 작은 집

구름 떼 같은 사람들 속으로 뛰어든 순간, 페니는 자기의 판단을 후회했다. 지금 발을 딛고 선 이곳이 바로 동물원에서 가장 붐비는 곳이라는 걸 깨달았기 때문이다.

수백 개의 발들이 앞뒤로 좌우로 바쁘게 움직였다. 발 주인들이 알비노 아기 판다를 어렴풋이라도 보고 싶어서 애를 쓰고 있었다. 최근에 검은 매직펜이 저지른 비열한 짓 때문에 알비노 판다를 볼 수 없게 됐다는 사실을 아는 사람은 하나도 없었다. 사람들은 알비노 아기 판다를 찾겠다고 계속해서 우리 앞을 서성이며 목을 빼고 대나무 사이를 뚫어져라 바라보았다. 페니는 무시무시한 신발들에 짓밟히지 않으려고 이따금 물구나무까지 서 가며 이리저리 몸을 피해야 했다.

더는 버티기 힘들겠다는 생각이 든 순간, 페니 오른쪽에서 낯선 목소리가 들려왔다.

"잠깐만! 이쪽으로 와!"

페니가 고개를 돌렸다. 그러자 하수관 입구가 보였다. 물론 그것이 전부가 아니었다. 동그랗고 검은 하수관 구멍에 눈과 코, 구레나룻이 나타났다.

"이쪽이야. 서둘러. 납작궁이 되기 전에!"

때마침 뾰족한 신발 굽이 페니 머리 위로 쿵 떨어졌다. 다행히 신발 밑창 홈에 끼이는 바람에 납작해지는 것은 피할

수 있었지만 서둘러야 했다. 페니
는 몸을 꼼지락거려 밑창 홈에서
빠져나왔다. 그리고 하수관을 향
해 몸을 굴렸다. 구두, 운동화, 장
화 등 각종 신발들을 아슬아슬하
게 피하면서.

"나를 따라와!"

페니가 하수관 가까이에 다다랐
을 때 구레나룻은 목소리만 남긴 채 어
둠 속으로 사라져 버렸다. 페니는 하수관 안으로 미끄러져
들어갔다. 하지만 금방 몸통이 끼고 말았다. 평평한 입구와
는 달리 하수관 안쪽이 아래로 심하게 꺾여 있었다. 그 바람
에 기역 자로 꺾인 부분을 도저히 통과할 수 없었던 것이다.

페니는 하는 수 없이 그 자리에서 잠자코 기다렸다. 그러

자 조금 뒤 바스락거리는 소리가 나더니, 구레나룻이 다시 나타났다.

"이런, 세상에! 너 지금 뭐 하는 거야? 설마 남은 평생을 여기서 보내고 싶은 건 아니겠지?"

"물론 아니야."

페니가 고개를 흔들었다. 하수관에 들어온 지 고작 몇 분밖에 지나지 않았는데도, 고약한 하수관 냄새 때문에 견딜 수가 없었다.

"그런데 뭘 꾸물거리고 있어? 어서 따라오라고!"

구레나룻이 걸음을 재촉하며 말했다.

페니는 초조하게 발가락만 까딱거리면서 발자국 소리가 다시 들려오기만을 기다렸다.

"도대체 뭐가 문제야?"

구레나룻이 물었다.

"좀 전에 그렇게 휙 가 버리지 않았으면 얘기했을 거 아니야. 나 꼈어."

페니가 퉁명스럽게 대답했다.

"꼈다고?"

"움직일 수가 없다고. 머리는 이쪽 끝에, 발은 저쪽 끝에 꽉 끼어 버렸어. 꼼짝도 안 해. 너무 불편해."

페니는 최대한 간결하게 설명하려고 노력했다.

"그냥 허리를 좀 구부린 다음에, 엉덩이를 살짝만 흔들어 주면 쏙 빠져나올 텐데?"

구레나룻의 말에 페니가 버럭 성을 냈다.

"내가 연필이라 그렇다, 왜! 우리는 엉덩이를 흔들 수 없어. 물론 허리를 구부릴 수도 없고."

"우리? 여기에 너 같은 녀석이 또 있는 거야?"

"아니. 연필은 일반적으로 그렇다는 얘기야."

구레나룻이 호기심 어린 눈빛으로 다가왔다. 페니는 녀석이 길고 날씬한 몸을 가진 동물이라는 사실을 알 수 있었다. 녀석은 페니의 발을 붙잡고 있는 힘껏 잡아당겼다. 하지만 부질없는 짓이었다. 페니는 더 꽉 끼어 버리고 말았다.

"소용없어."

기분까지 찜찜해진 페니가 말했다.

"그렇다면 다른 길로 가는 수밖에."

구레나룻이 이번에는 페니 발을 세게 밀어 올렸다.

페니 머리가 하수관 밖으로 쏙 빠져나왔다. 파란 하늘이 보였다. 하지만 그것도 잠시뿐이었다. 머리 위에서 불쑥 굽 높은 구두가 나타났기 때문이다. 그게 다가 아니었다. 구두 밑창이 페니를 향해 빠른 속도로 다가오고 있었다. 페니 코와 구두 굽 사이의 거리가 1센티미터도 채 남지 않았을 때, 무언가가 페니의 발목을 잡아당겼다. 페니는 다시 하수관 안으로 미끄러져 들어갔다.

"너 괜찮니?"

페니를 잡아당긴 건 아까 그 구레나룻이었다.

"물론이지. 누가 자꾸만 이 냄새나는 곳으로 나를 끌어당

기지만 않는다면 말이야. 그리고 동물원 관람객들 구둣발에 밟혀서 납작해지지만 않는다면.”

페니가 투덜거리자 구레나룻이 말했다.

“이봐! 너무 그렇게 투덜거리지 말라고. 내가 네 목숨을 구해 준 게 벌써 두 번이나 되는 것 같은데 말이야. 그나저나 넌 도대체 어떻게 생겨 먹은 녀석이길래 하수관 안에서 허리도 굽히지 못하는 거야?”

“말했잖아. 난 연필이라고.”

페니가 이를 앙다문 채 대답했다.

“그게 뭔데? 뻣뻣한 뱀 같은 거야?”

“아니. 난 동물이 아니야. 난 필기구야. 인간들이 글씨나 숫자를 쓸 때 나를 사용해.”

“쓴다고? 그런 걸 왜 하는데?”

구레나룻이 호기심 어린 눈빛으로 물었다.

“그래야 나중에 필요할 때 다시 읽을 수 있으니까. 다른 사람에게 보여 줄 수도 있고.”

페니의 말을 들은 구레나룻이 고개를 끄덕였다.

“아, 그렇구나. 난 읽는다는 게 뭔지 몰라……”

잠시 어색한 침묵이 흘렀다.

"그럼, 넌 어떤 종류의 동물이야?"

분위기를 좀 바꿔 보려고 페니가 질문을 던졌다.

"난 아일랜드 토종 담비야!"

구레나룻이 자랑스럽게 대답했다.

"담비, 담비라……. 혹시 족제비를 말하는 거야?"

페니가 머리를 쥐어짠 뒤 물었는데 담비가 발끈했다.

"내 앞에서 그 단어는 사용하지 말아 줘! 여기에는 족제비가 없어. 나처럼 생긴 건 모두 담비라고. 너처럼 많이 배운 연필은 알 줄 알았는데."

"어, 알겠어. 미안해, 담비 군……."

"그냥 밀리건이라고 불러."

담비가 말했다.

"난 페니야."

페니도 이름을 소개했다.

"동물원에는 어떻게 온 거야, 페니?"

밀리건이 물었다.

"그게, 얘기하자면 무척 길어서 말이야."

페니는 밀리건에게 지금까지의 일들을 하나씩 설명해 주었다. 사파리 수수께끼부터 오랑우탄들과의 만남, 부 헤이의 사연까지 모두!

"매직펜 공장이라고 했니?"

"응."

밀리건의 물음에 페니가 고개를 끄덕였다.

"동물원이 문을 닫게 생겼고?"

"맞아."

"그건 우리 대의에도 전혀 도움이 되지 않겠는데."

"대의? 큰 뜻. 뭐, 그런 거?"

페니가 되물었다.

"맞아. 이 땅에서 살아가는 토종 동물들이 위기에 처했다는 사실을 알리는 거. 그리고 특이한 외국 동물을 수입하는 것만큼 토종 동물을 아끼고 사랑하는 것도 중요하다는 사실을 알리는 거. 그게 바로 우리가 품은 대의야."

밀리건이 줄줄이 읊어 댔다.

"뭐라고?"

페니가 고개를 갸웃했다.

"백 번 듣는 것보다 한 번 보는 게 낫다고 했어. 네 눈으로 직접 보는 게 훨씬 이해하기 쉬울 거야. 자, 이제 나가도 될 것 같아."

밀리건이 하수관 밖으로 머리를 쏙 내밀었다. 그러고는 꼬리까지 유연하게 몸을 빼내면서 물었다.

"거기서 뭐 하고 있어? 안 따라올 거야?"

페니도 조심스럽게 고개를 내밀었다. 밖은 어느새 어둑해지고, 주변에는 한 사람도 보이지 않았다. 동물원 문 닫는 시간이 지난 모양이었다. 페니는 한적한 길을 따라 밀리건을 쫓아갔다. 온갖 종류의 동물 우리를 지나, 마침내 밑동이 큼지막하고 뿌리가 땅 위로 솟아오른 나무 앞에 도착했다.

밀리건이 미로처럼 얽히고설킨 뿌리를 깡충깡충 건너뛰더니 녹색 나무 대문 앞에 멈춰 섰다. 문에는 아일랜드 나라 꽃인 토끼풀이 그려져 있었다. 밀리건은 문을 쾅쾅 두드린 다음, 잠자코 기다렸다.

이윽고 문이 스르르 열리면서 가시 몇 개와 함께 작은 코가 쑥 나왔다. 고슴도치였다.

"스파이크!"

밀리건이 문 안쪽에 서 있던 고슴도치에게 성큼성큼 다가
가며 외쳤다.

"어서 와, 밀리건!"

고슴도치가 다가와 밀리건 털에 묻은 먼지를 털어 주며 인
사했다.

"좋은 물건들 좀 내놔 봐. 손님이 오셨거든."

페니가 눈을 휘둥그레 뜨고 집 안을 둘러봤다. 스파이크
와 밀리건은 속을 파낸 나무 밑동을 집이라고 불렀지만, 사
실 집보다는 어수선한 기념품 가게 같았다. 장난을 좋아하

는 아일랜드의 작은 요정 '레프
러칸'이 다녀간 게 아닐
까 하는 생각이 들 정
도로 방 안에는 재미난
물건들이 가득했다. 장식을
하고 남은 자투리 공간에는
기네스 흑맥주 광고지랑 '내

일은 맥주 공짜!' 혹은 '환영합니다!'와 같은 글귀
가 붙어 있는 게 보였다. 물론 스파이크와 밀리건은 읽을
수 없겠지만. 그래서인지 제대로 걸려 있는 글귀들이 별로
없었다. 삐딱하게 걸린 것은 물론이고 아예 거꾸로 뒤집혀
걸린 것도 있었다.

　방 오른쪽으로는 부엌이, 왼쪽으로는 작은 침대 두 개가
놓인 침실이 있었다. 아일랜드 국기로 만들어진 침대보가
집 안의 분위기와 썩 잘 어울렸다.

"이 물건들은 다 어디서 난 거야?"

페니가 물었다.

"수집한 것들이지."

스파이크가 자랑스럽게 대답했다.

"어디서?"

"벤치 아래, 화장실 밖, 운동장 한쪽 구석에서. 사람들은 많은 것들을 그냥 버려두고 가거든."

밀리건이 설명했다. 사람들 이야기가 나오자 스파이크가 아쉬운 마음을 드러냈다.

"아일랜드에 온 수많은 외국인 관광객이 우리 동물원에 들르지만, 정작 이곳에 아일랜드 동물은 한 마리도 없어."

"어떤 미국인 관광객이 동물원 관리인한테 이렇게 묻는 걸 들은 적도 있어. 레프러칸은 어디로 가야 볼 수 있느냐고. 그건 동물이 아니라 꼬마 요정인데 말이야."

밀리건이 웃음을 터뜨렸다.

"그래서 이렇게 꾸며 둔 거야? 이곳을 아일랜드 동물 전시관으로 만들려고?"

페니가 물었다.

"준비가 모두 끝난 건 아니야. 창문을 내야 하거든."

스파이크가 분주하게 움직이며 놀라울 정도로 깨끗한 벽을 가리켰다. 벽 위에는 분필로 창문 모양의 선이 그어져 있었다.

"꼭 맞는 유리를 찾기만 하면 돼. 건망증이 심한 관광객이 놓고 가기만 기다리……."

밀리건이 스파이크의 말을 거들고 나섰다가 멀리서 들려오는 고음의 말 울음소리에 얘기를 멈췄다.

"아무래도 젤다 소리 같아. 어서 가 보자!"

스파이크가 신이 나서 소리치며 문을 향해 단숨에 달려갔다. 고슴도치 치고는 정말 놀라운 속도였다. 밀리건도 스파이크 뒤를 바짝 따랐다. 어디로 가는지도 알지 못한 채, 페니도 그 둘을 따라 나무 밑동 밖으로 나섰다. 그리고 깊은 어둠 속으로 걸음을 옮겼다.

7

얼룩말은 어디로?

스파이크와 밀리건을 뒤쫓는 건 페니에게 여간 힘든 일이
아니었다. 해는 벌써 오래전에 기울었고, 사방이 온통 칠흑
같은 어둠에 싸여 있었다.

밀리건의 발가락 여덟 개가 바닥을 스치며 바스락거리는
소리를 냈다. 페니는 그 소리에 의지해 앞으로 나아갔다. 하
지만 여기저기서 동물들이 쉴 새 없이 으르렁거리고, 울어
대고, 깩깩대는 바람에 바스락거리는 작은 발자국 소리를
따라가기가 쉽지 않았다.

그때 무지무지 큰 울음소리가 들려왔다. 페니는 바스락거
리는 밀리건의 발소리가 멈춘 것도 모르고 혼자 저만치 걸
어갔다. 문득 옆에 아무도 없다는 사실을 깨닫고 허둥지둥
왔던 길을 되돌아갔다. 그러다 그만 밀리건과 쾅 부딪혔고,

밀리건은 뒤이어 오던 스파이크와 충돌했다.

"아야!"

밀리건이 비명을 지르며 코와 몸 여기저기에 박힌 스파이크의 가시를 뽑아냈다.

"그러니까 잘 보고 다녀야지."

가시가 빠진 자리에 드러난 맨살을 문지르며 스파이크가 말했다.

페니는 어둠이 내려앉은 동물 우리 안을 살펴봤다. 동물이라고는 보이지 않았다. 그래서 실눈을 뜨고 안내판에 집중했다. 젤다가 어떤 동물인지 알고 싶었다. 하지만 너무 어두워서 안내판에 적힌 글자를 읽을 수 없었다.

"젤다! 젤다? 어디 있니?"

스파이크가 외쳤다.

그때였다. 따가닥거리는 말발굽 소리가 점점 커지더니, 아주 가까이에서 뚝 그쳤다.

"젤다?"

밀리건이 조심스럽게 젤다를 불렀다. 그러자 보드라운 목소리가 대꾸했다.

"나 여기 있어."

때마침 번개가 치면서 번쩍하고 우리 위를 환하게 비췄다. 곧이어 우르르 쾅쾅 천둥소리도 났다. 번쩍 내리친 번갯불 덕에 목소리 주인의 모습이 드러났다. 페니와 스파이크와 밀리건 앞에 서 있는 것은 한 마리의 검은 말이었다. 검은 말은 뭐가 부끄러운지 고개를 제대로 들지 못했다. 스파이크와 밀리건은 말문이 막힌 듯 조용했다.

"저 말한테 무슨 문제가 있는 거야?"

페니가 밀리건에게 속삭였다.

"젤다는 그냥 말이 아니야. 얼룩말이라고!"

밀리건이 대답했다.

"하지만 얼룩말은 하얀 줄무늬가 있지 않나……?"

페니가 말끝을 흐리자 젤다가 흐느끼기 시작했다.

"한 시간 전만 해도 나한테는 눈부시게 하얀 줄무늬가 있었어. 이상한 냄새를 풍기는 녀석이 몽땅 훔쳐 가 버렸지만"

"훔쳐 갔다고?"

페니가 물었다.

"그래. 그 녀석이 모자를 벗더니, 내 흰 줄무늬를 몽땅 빨아들여 버렸어. 거대하고 고약한 냄새가 나는 진공청소기처럼 말이야. 그래서 내가 이렇게 볼썽사납게 변해 버린 거라고!"

젤다가 나지막이 울먹였다.

"그 녀석이 네 줄무늬를 빨아들인 게 확실해? 까맣게 칠한 게 아니고?"

페니가 심각한 표정으로 물었다.

"그게 뭐가 달라? 어떻게 됐든 내 줄무늬는 사라져 버렸는걸. 안 그래?"

젤다는 계속 흐느꼈다.

"페니, 이것도 부 헤이를 공격했던 그 검은 매직펜 짓이라고 생각해?"

밀리건이 나지막한 목소리로 물었다.

"확실해."

페니가 고개를 끄덕였다.

"이제 난 어쩌면 좋지? 내일 아침에 동물원을 찾은 사람들이 이런 내 꼴을 보게 되면, 실망한 채 돌아가 버릴 텐데. 사자는 말할 것도 없고……."

젤다가 울부짖었다.

"내일 사자들이 동물원에 구경 온대?"

스파이크가 물었다.

"아니! 여기 동물원에 사는 사자들 말이야. 사자들 눈을 속일 수 있는 흰 줄무늬가 사라져 버렸으니, 이제 아주 멀리서도 녀석들이 날 알아볼 거 아냐. 그들의 먹잇감이 되는 건 시간문제라고……."

젤다가 답답한 듯 툴툴거리자 밀리건이 젤다를 안심시키려 애썼다.

"젤다, 전에도 말했잖아. 사자들은 연못으로 둘러싸인 우리에 갇혀 있어. 높이가 6미터나 되는 철근 콘크리트 벽이랑 전기 울타리가 녀석들을 가두고 있다고."

"그리고 사자 우리는 동물원에서 제일 튼튼해."

스파이크가 덧붙였다.

"우리가 아무리 약한 존재라도 동물들이 다 초식이 같으면 아무 상관없을 텐데, 큭큭."

밀리건의 말에 스파이크와 젤다도 배꼽을 잡았다. 초식이 얘기가 나왔을 때, 오랑우탄들이 보였던 반응과 꼭 같았다. 동물원에서 유행하는 농담인지 뭔지, 페니는 도통 알아챌 수가 없었다. 그러자 자기만 소외되는 것 같아 은근히 약이 올랐다. 그래도 그 순간만큼은 검은 매직펜과 사라진 젤다의 줄무늬 생각에서 잠시 벗어날 수 있었다.

"초식이가 누군데?"

페니가 물었다.

"수마트라호랑이야."

스파이크는 어찌나 웃어 댔는지 눈물까지 찔끔거렸다.

"음, 그 호랑이 이름은 '줄탄'인 줄 알았는데."

페니는 아침에 숀이 했던 말을 떠올리며 고개를 갸웃했다.

"맞아. 사람들은 녀석을 그렇게 부르더라고."

밀리건이 어깨를 으쓱해 보였다.

"그럼 너희들은 왜 초식이라고 부르는 거야?"

"그 녀석이 완전한 채식주의자라는 사실이 밝혀졌거든."

"채식주의자가 뭔데?"

페니의 어리둥절한 표정을 본 밀리건이 차근차근 설명해 주었다.

"왜 있잖아, 완전한 채식주의자. 그러니까 동물성 식품은 아예 먹지 않는다고. 고기도, 생선도, 달걀도, 우유도……."

"마시멜로도, 젤리도, 꿀도……."

스파이크도 몇 마디 거들었다. 그러자 밀리건이 스파이크의 말을 자르고 나섰다.

"스파이크, 몇 번이나 말해야 하니? 마시멜로하고 젤리를 다 안 먹는 건 아니라니까."

"아이스크림도 빼먹지 마."

스파이크가 덧붙였다.

"마시멜로, 젤리, 아이스크림 전부 완전한 채식주의자들이 싫어한다는 젤라틴은 안 들어가거든!"

밀리건이 스파이크를 째려보며 짜증을 냈다.

"애들아, 얘기 다 끝났으면……."

보다 못한 페니가 조용히 입을 열었다. 그러자 스파이크가 밀리건을 쳐다보던 못마땅한 눈빛을 거두며 말했다.

"알았어. 음, 결론은 원래 육식을 하는 수마트라호랑이가 이상하게도 초식동물 같은 식생활을 한다는 거야. 그래서 우리가 녀석을 초식이라고 부르는 거고."

"참 괜찮은 녀석이야. 동물원 기운을 항상 맑게 하고, 동물들 영혼도 어루만져 줘."

밀리건이 옆에서 거들었다.

"그래도 난 그 녀석 타로 카드 점괘는 안 믿어. 어제도 봤는데, 나한테 이런 일이 일어날 거라고 미리 알려 주지 않았거든."

젤다가 이의를 제기했다.

"얘기가 나와서 말인데, 우리가 그 검은 매직펜 녀석을 막아야 해. 그 녀석이 또 다른 누군가를 공격하기 전에 말이야. 그 녀석이 까맣게 칠하고 싶어 할 만한 줄무늬나 점을 가진 동물이 또 누가 있을까?"

페니가 얼른 화제를 돌렸다.

"초식이 있잖아."

스파이크가 키

득거리며 말했다.

"초식이 말고."

페니가 입을 삐

죽 내밀었다. 그러

자 젤다가 의견을

냈다.

"스컹크 '스팅키'의 흰 줄무늬를 훔치려고 할지도 몰라."

"북극곰 몸에다 검은 반점을 그려서 북극 판다로 만들 수

도 있고."

밀리건도 거들었다.

"우리가 가야 할 곳이 무척 많은 것 같다."

페니가 생각에 잠겼다.

"나는? 나는 이제 어떻게 해?"

젤다가 물었다. 그때 다시 한번 천둥이 요란하게 치더니,

빗방울이 후드득 떨어지기 시작했다.

"아하! 젤다, 여기서 비를 맞고 서 있어. 그럼 깨끗해져서 원래대로 줄무늬가 생길 테니까!"

스파이크의 말에 페니가 한숨을 내쉬었다.

"아니, 그렇게 되진 않을 거야. 검은 매직펜 잉크는 물로 지워지지 않거든. 검은 잉크를 없애려면 유기용제, 그러니까 잉크를 녹여 줄 액체가 필요해."

마침맞게 내리친 번개가 페니 말이 옳다는 것을 증명해 주었다. 젤다는 비를 맞고 있었지만 아까와 마찬가지로 새까맸다.

"검은 매직펜을 잡으려면 아무래도 우리가 흩어지는 게 좋겠어."

페니의 말을 듣고 스파이크와 밀리건의 눈이 휘둥그레졌

다. 스파이크가 먼저 입을 뗐다.

"세상에, 너 지금 각자 흩어져서 녀석을 찾자는 거야?"

"보호해야 할 동물들이 너무 많아. 우리가 흩어져서 움직이지 않으면, 제때 도착할 수 없을 거야."

페니도 고집을 꺾지 않았다.

"싫어."

스파이크가 설레설레 고개를 흔들었다.

"그럼 너희 둘은 함께 다녀. 난……."

페니가 성난 듯 목소리를 높이자 밀리건이 더 큰 목소리로 벌컥 화를 냈다.

"안 돼! 스파이크는 위험이 닥치면 몸을 동그랗게 말아 버린단 말이야. 순식간에 아무도 건들지 못하는 가시 공으로 변한다고. 물론 저야 안전하겠지만, 난? 혼자 남겨진 나는 어떡하란 말이야? 그러니까 난 너랑 갈래, 페니."

"나도 혼자서는 아무 데도 안 가. 절대로!"

스파이크도 팔짱을 단단히 낀 채 잘라 말했다.

"할 수 없다. 좋아, 모두 함께 가자."

페니가 고개를 저었다.

　페니, 스파이크, 밀리건은 밤새 동물원 우리 안을 샅샅이 뒤졌다. 페니는 몇 번인가 녀석의 잉크 냄새를 맡은 것도 같았다. 하지만 녀석의 그림자조차 찾을 수 없었다. 셋은 동물원을 돌면서 모든 동물이 제 색깔을 그대로 가지고 있는지 확인했다. 다행히 이상한 점은 없었다.

　페니는 동물원을 한 번 더 돌아보자고 했다. 스파이크와 밀리건은 하품을 늘어지게 하면서도 어쩔 수 없이 따라나섰다. 하지만 두 번째 점검을 마친 페니가 세 번째 점검에 나서려고 하자 결국 스파이크가 불평을 했다.

"도대체 만족이란 걸 모르는 녀석이군."

"페니, 이제 곧 동물원 문 열 시간이야!"

밀리건도 거들었다.

"넌 어떤지 모르겠지만, 난 배가 고파 기절할 지경이야. 우리 잠깐 쉬면 어떨까? 내가 근사한 아침밥을 지어 줄게. 정통 아일랜드 식으로, 쫙!"

스파이크가 말했다.

페니가 뭔가 대꾸를 하려고 입을 여는데, 입 밖으로 말을 꺼내기도 전에 배에서 신호가 왔다. 꾸르륵 소리가 어찌나 요란했던지, 어젯밤 천둥소리와 비교해도 손색이 없을 정도

였다. 페니는 부끄러워서 고개를 푹 숙였다. 그리고 순순히 스파이크와 밀리건을 따라 나무 밑동의 작은 집으로 돌아갔다.

집에 도착하자마자 페니와 밀리건은 검은 매직펜을 함정에 빠뜨릴 작전을 짰다. 그동안 스파이크는 달걀, 베이컨, 검은 푸딩, 흰 푸딩, 토마토 그리고 콩을 준비했다.

스파이크가 음식을 담으려고 접시를 꺼내려는데, 어디선가 종이 울렸다. 신기하게도 랄프 학교 종소리와 똑같은 소리였다.

페니는 벌떡 일어나 귀를 쫑긋 세웠다. 영문을 모르는 스파이크와 밀리건이 재미난 구경이라도 하듯 페니를 바라보았다.

"페니, 뭐 하는 거야? 너 지금 밀리건이 애국가 들을 때 모습이랑 똑같은 거 알아?"

스파이크가 손에 오븐 장갑을 끼며 물었다.

"미안해. 순간 학교 종이 울린 줄 알았거든."

페니가 두 뺨을 발갛게 붉히며 말했다.

스파이크가 오븐을 열자 갓 구운 통밀 빵 냄새가 집 안

가득 퍼졌다. 빵을 꺼내며 스파이크가 말했다.

"그건 오븐 종소리였어. 빵이 다 구워졌다고 알려 주는 종소리였다는 말씀이지. 자, 얼른 먹자!"

셋은 따끈한 아침밥을 먹기 위해 옹기종기 모여 앉았다. 그 시각, 관람객들이 입장하기 시작한 동물원에서 바로 그 음식 때문에 동물들이 커다란 곤경에 처했다는 사실을 짐작조차 하지 못한 채!

8

이상한 경고문

"밥, 땅돼지 우리에서도 코드 3 상황이 발생했어요."

무전기에서 소심한 피오누알라의 목소리가 지직거리며 흘러나왔다.

"이런! 오늘 아침에만 벌써 여든한 번째예요. 대체 동물들이 뭘 먹은 거죠?"

밥이 인상을 찌푸렸다. 피오누알라와 무전을 주고받으며 순찰차에 오른 밥은 땅돼지 우리를 향해 차를 몰았다.

"당근도 있네요. 땅콩, 솜사탕도 보이고요. 핫도그도 꽤 많아요."

피오누알라가 땅돼지가 토해 놓은 것을 막대기로 헤집으며 말했다.

"그러니 이 가여운 녀석들이 아플 수밖에요. 하지만 그런

식품들이 어떻게 먹이통에 들어갔을까요? 게다가 땅돼지만
이런 게 아니에요. 동물원 전체가 몸살을 앓고 있다는 말입
니다."

탈이 난 땅돼지의 코를 어루만지며 밥이 생각에 잠겼다.

"솜사탕도 핫도그도 준 적이 없는걸요. 그리고 우리 밖 경
고문에도 분명히……."

피오누알라가 땅돼지 먹이통을 뚫어지게 들여다보며 말끝
을 흐렸다. 밥도 땅돼지에게서 눈을 떼지 않은 채 대꾸했다.

"네, 알아요. 경고문에는 분명히 '동물들에게 먹이를 주지 마세요.'라고 적혀 있지요."

"아니에요. 그렇지 않아요."

피오누알라가 고개를 저었다.

"그렇지 않다니요? 경고문이 사라졌나요? 어쩌면 우리에 붙여 둔 경고문이 떨어져 버렸을지도……."

"사라진 게 아니에요. 경고문에 '동물들에게 먹이를 주세요.'라고 적혀 있어요."

피오누알라가 밥의 말을 막았다. 그러자 밥이 고개를 저으며 말을 바로잡았다.

"설마요. '동물들에게 먹이를 주지 마세요.'겠지요."

"아니라니까요. 누군가 '지'와 '마' 두 글자를 까맣게 칠해 버렸어요. 그래서 경고문이 '동물들에게 먹이를 주세요.'로 바뀌어 버린 거예요."

피오누알라가 힘주어 말했다.

밥이 땅돼지 코를 쓰다듬던 손길을 거두고 고개를 들었다. 땅돼지는 영 서운한 눈치였지만, 밥은 아랑곳 않고 한걸음에 경고문 쪽으로 달려갔다. 그리고 두 눈으로 직접 경고문을 확인했다.

"아뿔싸! 정말이군요! 누군가 경고문에 손을 댔어요. 그래서 동물원 방문객들이 오해한 거예요. 우리가 동물들에게 먹이 주는 것을 권장한다고 말이죠. 오, 이런! 동물들에게는 저마다 알맞은 먹이가 따로 있어요. 사람이 먹는 음식은 동물들을 탈 나게 만들 뿐이죠. 서두릅시다! 다른 동물

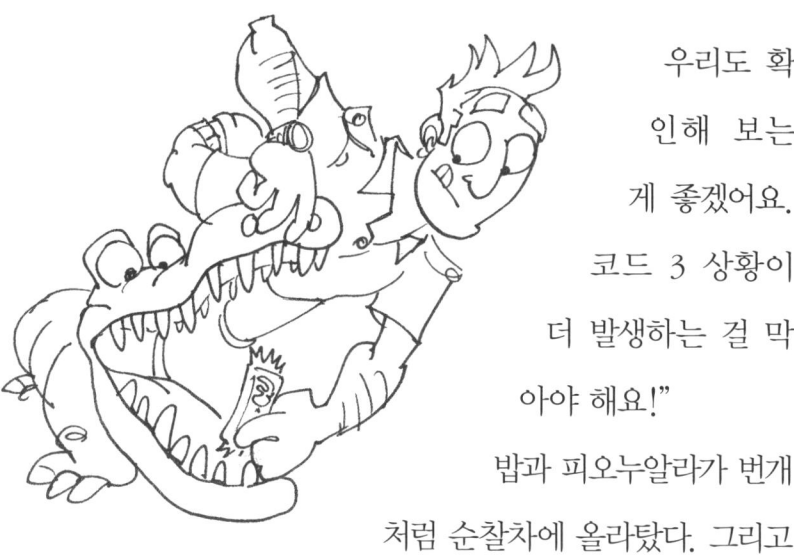

우리도 확인해 보는 게 좋겠어요. 코드 3 상황이 더 발생하는 걸 막아야 해요!"

밥과 피오누알라가 번개처럼 순찰차에 올라탔다. 그리고 동물원을 한 바퀴 돌아보았다. 아니나 다를까, 그날 아침에 코드 3 상황으로 탈이 났던 동물 우리의 경고문에는 모두 '지'와 '마' 두 글자가 지워져 있었다.

"운전대를 잡아요!"

밥이 피오누알라에게 외치면서 순찰차 밖으로 뛰어내렸다. 그러고는 울타리를 훌쩍 넘어 순식간에 악어 우리 안으로 들어갔다.

밥은 작전 수행 중인 특공대처럼 소리 없이 다가가, 악어 '맥스'의 입을 벌리는 데 성공했다. 그리고 맥스의 입 안에서 초코바를 무사히 꺼냈다. 맥스가 껍질째 꿀꺽 삼켜 버리기 직전이었다.

악어 우리에서 황급히 빠져나온 밥이 껍질을 벗겨 내고 초코바를 반으로 뚝 잘랐다. 그런 다음 피오누알라에게 한 조각을 건네며 말했다.

"악어가 토하는 걸 보고 싶어 하는 사람은 아무도 없을 겁니다. 경고문을 서둘러 손봐야겠어요."

하지만 밥과 피오누알라가 그동안 사용해 온 세제로는 경고문에 칠해진 검은 잉크가 지워지지 않았다.

"이 위에 다른 색 페인트를 덧칠하는 수밖에 없겠어요."

밥과 피오누알라는 창고에 들러 경고문 바탕색과 잘 어울릴 만한 빨간색 페인트를 꺼냈다. 그리고 나

서 차를 몰고 나오는데, 양복 차림의 세 남자가 찻길로 불쑥 튀어나왔다. 밥은 화들짝 놀라 브레이크를 있는 힘껏 밟았다. 그 바람에 피오누알라가 들고 있던 페인트 통이 뒤집어지고 말았다. 밥과 피오누알라가 빨간 페인트를 몽땅 뒤집어쓴 것은 말할 것도 없었다.

"얼굴이 그렇게 빨개진 걸 보니, 부끄러운 줄은 아는 모양이군!"

찻길 가운데 서 있던 양복 차림의 한 남자가 외쳤다. 소리친 남자는 동물원 대표였다. 뺨이 통통한 데다 커다란 콧수염이 있어서 언뜻 보면 꼭 바다코끼리 같았다. 동물원 대표는 밥과 피오누알라가 사과할 틈도 주지 않은 채 말을 계속했다.

"이곳을 좀 보게! 얼마나 망신스러운지! 동물들은 사방에 토해 대고, 관람객들은 코뿔소한테 팝콘을 줘도 되는 줄 알고 있네. 게다가 동물들이 토하면서 뿜어낸 음식 찌꺼기들이 관람객 셔츠에 여기저기 튀는 바람에……. 오늘 아침 소동 때문에 청구된 세탁비가 벌써 엄청나. 우리 동물원이 파산할 지경이라고. 이제 다른 방법이 없어. 동물원을 파는 수

밖에."

동물원 대표의 오른쪽에 서 있던 통통한 민머리 사내가 즐거워하며 손바닥을 비벼 댔다. 바로 시장이었는데, 동물원을 팔아 상당한 예산을 절감할 생각에 잔뜩 신이 나 있었다.

그리고 왼쪽에는 키 큰 사내가 하나 더 있었다. 매끄럽고 반짝이는 사내의 까만 머리칼은 마치 오토바이 헬멧을 쓴 것처럼 보였다. 그 사내 역시 동물원 대표의 말에 기쁨을 감추지 못하는 표정이었다.

마침 두꺼운 검은 테 안경을 쓴 시장의 비서가 어디선가 불쑥 나타났다. 그러더니 윗부분에 굵은 글씨로 '계약서'라고 적힌 종이 한 장을 내밀었다.

"그럼 이제……."

시장이 윗옷 주머니에서 펜을 꺼내 동물원 대표에게 건네며 말했다.

그때였다. 날카로운 여자 목소리가 울려 퍼졌다.

"안 돼요!"

누군가 시장과 동물원 대표 사이로 뛰어들어 펜을 낚아채 갔다. 그 사람은 다름 아닌, 소심한 피오누알라였다!

모두들 놀라 입을 다물지 못했고, 놀란 것은 피오누알라도 마찬가지였다. 피오누알라는 금세 본래의 소심한 모습으로 돌아가 말을 더듬기 시작했다.

"저, 저는……. 그냥, 그러니까……. 도, 도, 동물들은 어쩌고요?"

"그것에 관해서라면, 계약서 맨 끝에 작은 글자로 적혀 있네만."

시장이 피오누알라 손에서 펜을 빼앗아 다시 동물원 대표에게 건넸다. 그러자 동물원 대표가 펜을 든 채 망설이며 말했다.

"그 사항을 꼼꼼히 읽어 보고 난 뒤에 서명해야겠군요. 안경을 사무실에 두고 와서 그렇습니다만, 동물들은 정확히 어디로 보내집니까?"

"주로 서커스단입니다."

키 큰 사내가 대꾸했다. 계약서 위에서 머뭇대고 있는 펜을 향해 아쉬운 듯 입맛을 다시면서.

그 말을 들은 밥이 버럭 고함을 질렀다.

"뭐라고요? 그럼 땅돼지도 서커스단으로 보낸단 말입니까? 도대체 거기서 뭘 하라고요? 줄타기라도 시킬 겁니까? 줄타기 하는 땅돼지라, 정말 굉장하겠군요."

"요즘 서커스단 조련사들이 동물을 얼마나 잘 길들이는지 보면 아마 놀랄 겁니다. 중요한 건 그저…… 약간의 격려라고나 할까요?"

키 큰 사내가 무미건조한 목소리로 말했다.

"아니요. 절대로 아닙니다. 땅돼지 같은 동물을 받아 주는 서커스단은 어디에도 없을 겁니다."

밥이 강하게 부정했다.

"그럴 경우에는 연구실로 보내는 방법도 있습니다. 동물을 필요로 하는 연구실이 무척 많으니까요. 연구원들이 직접 동물을 구하기가 쉽지 않거든요. 그러니까 실험을 위한…… 외국 동물들 말입니다."

키 큰 남자가 고집스럽게 말했다. 그 말을 듣고 있던 밥은 두 눈이 휘둥그레졌다. 그리고 끔찍한 상상에 온몸을 떨었다. 소심한 피오누알라보다 더 심하게. 숨을 고른 밥이 나지막이 말했다.

"다른 방법을 찾아야 합니다. 반드시요!"

뚜껑을 연 채 한참을 들고 있었던 탓에, 동물원 대표의 손에 들린 펜 끝에는 잉크 방울이 맺히기 시작했다. 그대로 떨어진다면 계약서가 엉망이 될 것 같았다. 잉크 방울이 점점 커지자 이걸 보고 있던 키 큰 사내의 눈도 덩달아 커졌다.

"이 계약은 할 수 없어요."

동물원 대표가 단호하게 말했다. 그리고 시장 비서에게 계약서를 돌려주었다. 그 순간 펜 끝에 맺혀 있던 잉크 방울이 바닥으로 똑 떨어졌다.

시장의 얼굴이 벌겋게 달아올랐다. 양쪽 귀에서 모락모락 연기라도 피어날 기세였다. 키 큰 사내도 표정이 얼음처럼 차갑게 변하더니 퉁명스럽게 내뱉었다.

"처음이자 마지막 제안입니다. 다음번엔 이렇게 신사적으로 대하진 못할 것 같네요."

"어떤 계약서에도 서명하지 않겠습니다. 모든 동물들이 행복하게 지낼 수 있는 보금자리를 찾기 전에는 말입니다."

동물원 대표 역시 차분하게 말했다.

그때였다. 정문 매표소 직원이 허둥지둥 달려오는 게 보였다. 그리고 그 뒤로 한 무리의 성난 관람객들이 몰려오고 있었다.

"대표님, 이분들이 모두 입장료를 돌려 달라고……."

매표소 직원이 가쁜 숨을 몰아쉬며 말했다. 그러자 관람객 중 한 명이 목소리를 높였다.

"우리는 알비노 판다를 보려고 돈을 냈단 말입니다. 그런데 아무리 찾아도 없어요. 거짓 광고 아닙니까?"

"얼룩말도 없어요!"

다른 사람도 불만을 토로했다.

"바다코끼리가 토한 걸 뒤집어쓸 줄 알았다면, 차라리 그
냥 집에 있었을 겁니다!"

또 다른 사람도 거세게 항의했다.

그때를 놓치지 않고 키 큰 사내가 비서 손에서 계약서를

빼앗아 동물원 대표 코앞에 들이댔다. 하지만 동물원 대표
는 고개를 저었다.

"보시다시피, 제가 급하게 좀 처리해야 할 문제가 있어서
말입니다."

동물원 대표는 이렇게 말하고서 밥과 피오누알라와 함께
돌아섰다. 멀어지는 세 사람의 뒷모습을 바라보며, 시장과
키 큰 사내는 얼굴을 잔뜩 찌푸렸다.

9

탄원서

"페니, 페니! 일어나!"

깜빡 잠이 들었던 페니가 간신히 한쪽 눈만 뜨고 주위를 둘러봤다. 구레나룻이 덥수룩한 낯익은 얼굴이 보이고, 그 주변에서는 장난치기 좋아하는 작은 요정 레프러칸이 춤을 추고 있었다. 페니는 눈을 비비며 머리를 흔들었다. 잠시 동안 정신을 가다듬고 나서야, 자기가 좀 전에 본 게 밀리건이었다는 사실을 깨달았다. 밀리건이 초침에 레프러칸 인형이 붙어 있는 시계 앞에 서 있었던 것이다.

"행동할 시간이야."

밀리건이 근엄하게 말했다.

"검은 매직펜? 그 녀석이 정말 여기 나타난 거야?"

페니가 침대 밖으로 펄쩍 뛰어내리며 집 안을 둘러봤다.

"아니. 더 나쁜 소식이야."

스파이크가 고개를
저었다.

"더 나쁜 거?"

"우리가 어젯밤에
정신없이 검은 매직펜
을 찾아 헤맬 때, 녀석은
우리보다 한 발 앞서 있었어."

"그 녀석이 어디 있었는데?"

"우리 바깥에. 경고문을 고치고 있었지."

밀리건이 대답했다.

"어떤 경고문?"

"왜 있잖아, '동물에게 먹이를 주지 마세요.'라고 적혀 있
는 경고문. 검은 매직펜이 경고문의 글자 일부를 지우는 바
람에, 관람객들이 아침 내내 동물들한테 온갖 음식을 던져
줬어."

이번에는 스파이크가 말했다.

"물론 동물들도 그걸 사람들한테 다시 던져 줬고. 아주

질퍽하게 만들어서."

밀리건이 덧붙였다.

"펭귄이 토마토 샌드위치를 먹으면 어떻게 될 것 같아?"

스파이크가 페니를 쳐다보며 물었다.

"으, 상상도 하기 싫어."

페니가 얼굴을 잔뜩 찌푸렸다. 밀리건도 끔찍하다는 듯
몸을 부르르 떨며 말했다.

"분명히 말하지만, 절대로 보기 좋지는 않을 거야."

"물론이지. 그런데 얘들아, 우리 지금 앉아서 떠들기만
하면서 시간을 낭비하고 있어. 어서 가서 동물 친구들을
돕자고!"

페니와 밀리건은 스파이크를 따라 나
무 밑동 밖으로 나왔다. 셋은 곧장 동
물원으로 발걸음을 재촉했다.

눈앞에 펼쳐진 동물원 풍경은 정
말 처참했다. 우리마다 동물들이
게워 놓은 토사물이 가득했다. 밟
지 않으려면 까치발을 하고 요리조

리 피해 다녀야 할 정도였다. 짹짹 지저귀고, 으르렁거리던
소리는 온데간데없었다. 온통 끙끙거리고, 게워 내고, 철퍽
거리는 소리만 가득했다.

"길이가 5센티미터밖에 안 되는 작은 땃쥐가 이렇게 잔뜩
토를 할 거라고 누가 상상이나 했을까!"

밀리건이 당근을 포함한 온갖 것들이 뒤섞여 있는 질퍽한
토사물 더미를 조심조심 돌아가며 말했다.

"쏟아진다아아아아!"

스파이크가 페니를 길 밖으로 밀쳐 내며 외쳤다. 하마의 입
에서 곰 모양 젤리, 아이스크림, 당근이 쏟아져 내렸다. 1초
전까지 페니가 서 있었던 바로 그 자리였다.

"와, 엄청 큰 거였네! 이걸 뒤집어썼으면 어쩔 뻔했어."

페니가 안도의 한숨을 내쉬었다.

"크다는 얘기가 나와서 말인데, 검은 매직펜이라는 녀석 말이야. 도대체 얼마나 커? 1미터? 2미터?"

밀리건이 궁금해했다.

"아마 나보다 이마안큼 더 클걸."

페니가 팔을 머리 위로 쭉 펴 보이며 대답했다.

"생각보다 엄청 크진 않은데. 어떻게 이런 일을 벌이는 거지?"

밀리건이 곰곰이 생각에 잠겼다.

"그 녀석은 모자를 벗기만 하면……."

페니가 설명을 하려는데 밀리건이 중간에 끼어들었다.

"아니, 그러니까 어떻게 이 모든 일을 하는 거냐고. 동물원 안에 우리가 100개도 넘어. 색칠해야 하는 경고문이 100개는 된다는 거지. 게다가 벌써 부 헤이와 젤다도 공격했잖아. 아마 머지않아 잉크가 바닥나고 말 거야."

"아니면……. 아, 그렇구나!"

밀리건의 말을 곰곰 되새기던 페니가 소리쳤다.

"그렇다니, 뭐가?"

스파이크와 밀리건이 동시에 물었다.

"잉크 탱크! 판다 우리 옆에 있던 것 말이야. 잉크가 바닥날 때마다, 검은 매직펜 스스로 잉크를 다시 채우고 있는 거야. 그 잉크 탱크에서!"

페니가 입을 앙다물며 말했다.

"쯧쯧. 그래서 알비노 아기 판다 부 헤이가 첫 번째 희생양이 됐던 거군. 잉크 탱크 바로 옆에 있었으니 말이야."

스파이크가 고개를 설레설레 저었다.

"그러니까 페니 네 말은, 잉크가 바닥나기는커녕 끝도 없이 새로 공급되고 있다는 거지? 검은 매직펜 녀석이 못된 짓거리를 계속할 수 있도록?"

밀리건이 확인하듯 물었다. 페니는 고개를 끄덕였고, 스파이크가 옆에서 땅이 꺼질 듯 한숨을 쉬었다.

"그럼 우린 도저히 적수가 못 되겠네, 뭐."

"기죽을 거 없어, 스파이크. 그렇다고 적을 피할 우리가 아니잖아!"

밀리건이 용기를 북돋아 주었다.

"애들아, 쉿! 들어 봐."

페니가 속삭였다. 그러자 스파이크와 밀리건이 잠시 조용히 귀를 기울였다.

"난 아무 소리도 안 들리는데."

밀리건이 고개를 갸웃했다.

"나도 그래. 갑자기 구역질하는 소리가 멈췄어. 이상하지 않아?"

페니가 말했다. 정말 페니 말대로 게워 내고, 철퍽거리는 소리가 어느새 뚝 그쳐 있었다. 그때였다. 밀리건이 몸을 곧추세우며 물었다.

"저게 뭐지?"

"뭐 말이야?"

페니도 따라서 허리를 쫙 펴고 목을 쭉 뺐다.

"저쪽에서 뭔가가 다가오고 있는데……."

스파이크가 길모퉁이를 가리키며 말했다.

"그래? 난 아직도 안 들……."

페니가 웅얼거렸다.

"무슨 빗소리 같기도 하고……."

스파이크가 점점 커지는 소리에 귀 기울이며 중얼거렸다.

"강물 넘치는 소리 아닐까?"

밀리건이 말했다. 그러고는 우레같이 커진 소리의 정체를
조사하려고 걸음을 뗐다. 밀리건의 꼬리가 길모퉁이로
사라지자마자, 1초도 안 되어 밀리건
의 구레나룻이 불쑥 나타났다.

밀리건은 젖 먹던 힘까지 짜내
며 뛰기 시작했다. 그리고 스
파이크와 페니 옆을 휙 스
쳐 지나가며 외쳤다.

"눈사태, 아니 토 사태야! 뛰어!"

스파이크가 몸을 동그랗게 말고 밀리건 뒤를 따랐다.

페니는 잔뜩 겁에 질린 채 앞을 바라봤다. 고압 호스에서 뿜어져 나오는 물이 말라붙은 동물들의 토사물들을 씻어 내고 있었다.

"멈춰요! 여기, 음식물 쓰레기 배출구로 쓸려 들어가면 안 되는 게 있어요!"

마침 누군가 외쳤다. 목소리의 주인공이 떨리는 손으로 페니를 감아 올렸다. 소심한 피오누알라였다. 피오누알라가 페니를 밥에게 내밀었다.

"아슬아슬했군요. 동물원이 문을 닫으면, 음식물 쓰레기로 퇴비를 만들어 식물을 키우는 이 모든 과정이 다 소용없어지겠지만요……."

밥이 페니를 건네받으며 말했다. 그때, 밥과 피오누알라의

무전기에서 동시에 치직거리는 소리가 들렸다. 곧이어 무전기에서 동물원 대표의 목소리가 흘러나왔다.

"통로 청소를 모두 마치면, 즉시 내 사무실로 와 주기 바라네."

"네, 알겠습니다."

밥이 페니를 윗옷 주머니에 꽂으며 대답했다. 그런 다음 다시 호스로 물을 뿌리기 시작했다.

✳

밥과 피오누알라 그리고 페니가 동물원 대표의 사무실에 도착했다. 대표는 깊은 근심에 빠져 있었다.

"이 사태를 어떻게 수습하면 좋겠나?"

동물원 대표가 물었다.

"네, 우리마다 쌓인 오물을 모두 제거했습니다. 그리고 고압 호스를 이용해 통로도……."

밥이 입을 열었다.

"그 사태를 얘기하는 게 아닐세. 이 사태 말이네! 동물원

폐쇄! 어떻게 하면 동물들을 구할 수 있겠나, 이 말일세."

동물원 대표가 답답하다는 듯 목소리를 높였다. 그러자 피오누알라가 조심스럽게 말을 꺼냈다.

"방법이 하나 있기는 합니다만……."

밥과 동물원 대표가 동시에 피오누알라를 쳐다봤다.

"피자 포장지를 줍다가 떠오른 생각인데, 시장님께 탄원서

를 제출하면 어떨까 해요."

"시장님께 탄원서를?"

동물원 대표가 물었다.

"그러니까…… 동물원을 사랑하는 관람객들의 서명을 많이 받는 거예요."

피오누알라가 자그마한 목소리로 대답했다.

"그런 게 도움이 되겠나?"

"우리 동물원이 얼마나 인기 있는지 알게 되면, 시장님도 깨닫게 될 테니까요. 동물원이 문을 닫으면 시장님 인기가 뚝 떨어질 거라는 사실을 말이에요."

"우아! 그거 정말 멋진 생각이네요!"

밥이 무릎을 탁 쳤다. 하지만 동물원 대표가 심각한 목소리로 말했다.

"다만, 한 가지 문제가 있네. 오늘 아침에 그 소동이 벌어졌는데, 우리가 과연 동물원 관람객들의 지지를 얻을 수 있겠나? 동물원이 있어서 행복한 사람들을 찾을 수 있겠나 말일세."

"어려운 문제는 아닌 것 같은데요. 어제 동물원으로 소풍
왔던 아이들이 있잖아요! 그 아이들에게 도움을 청해 보도
록 해요!"

피오누알라가 미소를 지었다.

"난 아직 확신이 서지 않는군. 무엇보다 탄원서라는 건 종
이에 적힌 글씨에 지나지 않으니까. 그게 우리에게 과연 쓸
모가 있을까?"

동물원 대표가 못 미더운 눈길로 피오누알라를 바라보
았다.

"어험! 글씨를 쓰는 게 얼마나 중요한 일인데 그러세요?"

밥의 윗옷 주머니에 꽂혀 있던 페니가 발끈하며 헛기침을
했다. 하지만 사람들 귀에 페니 목소리가 들릴 리 없었다.

"쓸모가 아주 많아요! 사실, 시장님이 제일 신경 쓰는 게
바로 그거니까요."

피오누알라가 강조했다.

"그렇지 않네. 그분이 신경 쓰는 건, 오직 투표와 자기 은
행 계좌의 잔고뿐이거든."

동물원 대표가 고개를 저었다.

대표의 말을 가만히 듣고 있던 피오누알라가 거침없이 입을 열었다. 피오누알라는 시간이 지날수록 점점 대범해지고 있었다.

"맞아요! 따지고 보면 투표도 그냥 종이에 적힌 글씨에 지나지 않아요. 통장 잔액도 종이에 적힌 숫자에 불과하고요. 시장님이 그런 것들에 신경을 쓴다면, 우리가 엄청난 수의 사람들에게 받은 탄원서에도 신경이 쓰이실 거예요."

말을 마친 피오누알라는 팔짱을 낀 채 확신에 찬 표정으로 고개를 끄덕였다. 동물원 대표의 얼굴에서도 천천히 미소가 피어올랐다.

"피오누알라, 듣고 보니 자네 말이 절대적으로 옳군. 이 일을 성공시키면, 자네를 관리 책임자로 승진시켜 주겠네."

"어허허험!"

가만히 듣고 있던 밥이 자기도 모르게 헛기침을 했다.

"관리 책임자와 동등한 대우를 해 주겠다는 뜻이네. 자, 뭘 우물거리고 있나? 여기서 하루 종일 이러고 있으면 어떻게 많은 서명을 받을 수 있겠나?"

밥과 피오누알라 그리고 페니는 동물원 대표의 사무실을 부랴부랴 빠져나오다 그만 문 앞에서 서로 부딪히고 말았다. 그 바람에 밥의 윗옷 주머니에 들어 있던 페니가 밖으로 튕겨져 나왔다. 콘크리트 바닥을 향해 곤두박질치면서 페니는 눈을 질끈 감고 비명을 질렀다.

"안 돼애애애애!"

하지만 예상과 달리 페니의 발끝에 따뜻하고 폭신한 무엇이 와 닿았다. 그곳이 어디든, 딱딱하고 차가운 콘크리트 바닥에 부딪혀 산산조각 나는 끔찍한 운명을 피한 것만은 분명했다. 곧이어 익숙한 목소리가 들려왔다.

"아야! 페니, 네 뾰족한 심이 지금 어디에 꽂혀 있는지 잘 좀 보라고!"

페니가 살며시 눈을 뜨고 조심스레 주변을 살폈다. 잠시 후 페니는 자기가 지금 가시 숲 한가운데에 서 있다는 걸 깨달았다.

"스파이크?"

페니가 물었다.

"저기, 괜찮으면 내 살에서 네 연필심 좀 빼 줄래? 너 보기보다 끝이 무지 날카롭구나."

스파이크가 애원했다.

"스파이크, 너도 이제 가시에 찔리는 기분이 어떤 건지 좀
알겠지?"

밀리건이 페니를 스파이크 등에서 조심스럽게 빼내며 말
했다.

"그런데 너희 둘, 여기서 뭐 하고 있는 거야?"

페니가 물었다.

"그야 물론, 널 구
하고 있지."

밀리건이 씨익 웃
으며 생색을 냈다.
하지만 스파이크는
페니 때문에 등에
생긴 눈곱만 한 구멍
을 문지르며 툴툴
댔다.

"그건 밀리건 너

나 그렇지. 난 페니 때문에 아직도 따끔하다고!"

"미안해, 스파이크. 그건 그렇고, 페니! 알아낸 정보가 좀 있니?"

밀리건이 물었다.

"음, 관리인들이 동물원 폐쇄를 막기 위한 탄원서를 만들기로 했어."

"탄원서가 뭔데?"

페니가 간략하게 설명해 주자 밀리건이 열광적인 반응을 보였다.

"그게 효과만 있다면, 우리도 탄원서를 만들어서 동물들의 서명을 몽땅 받아 올 텐데. 동물원에 아일랜드 토종 동물 자리도 마련해 달라고 말이야! 어서 회의를 소집하자. 이 소식을 친구들에게 알려야지."

❋

동물원이 막 문을 닫은 저녁 여섯 시 정각, 스파이크와 밀리건이 동물원의 동물들을 모아 놓고 회의를 열었다. 물론

그때까지 탄원서라는 말을 들어 본 동물은 단 한 마리도 없었다. 그래서 페니는 탄원서가 무엇인지, 그리고 탄원서를 쓰면 어떤 효과를 기대할 수 있는지에 대해 아주 자세히 설명해 주어야 했다.

많은 동물들이 탄원서의 효과에 대해 의심을 품었지만, 판다들만은 아주 확신에 차 있었다.

"서명은 어떻게 하는 거예요, 뱀부뱀부?"

부 헤이의 엄마가 물었다.

페니의 얼굴에 미소가 번졌다. 그리고 또박또박 대답해 주었다.

"정확하게요."

버트에 관한 진실

랄프가 수학 문제 푸는 것을 돕느라 맥이 한창 끙끙대고 있을 무렵, 누군가 교실 문을 똑똑 두드렸다. 스워드 선생님이 시계를 쳐다보더니 미소를 지었다.

"얘들아, 모두 연필을 내려놓자. 손님이 오셨어요."

아이들은 곧바로 연필을 내려놓고 선생님이 문 쪽으로 걸어가는 것을 지켜보았다. 선생님이 문을 열자 랄프가 소리쳤다.

"와! 동물원 밥 아저씨잖아!"

"여러분, 안녕하세요! 어제 동물원 소풍은 즐거웠나요?"

밥이 인사를 건넸다.

"네에에에에!"

아이들이 합창을 하듯 대답했다.

"그럼 동물원에 다시 놀러 오고 싶은 사람 있나요?"

밥이 다시 묻자 아이들이 더 열광적으로 합창을 했다.

"네에에에에에에에!"

"그러려면 여러분의 도움이 필요해요."

"왜요?"

말콤이 물었다.

"왜냐하면, 시장님이 동물원을 팔려고 하거든요. 그 자리에 매직펜 공장을 세우려는 사람한테 말이에요."

"안 돼요!"

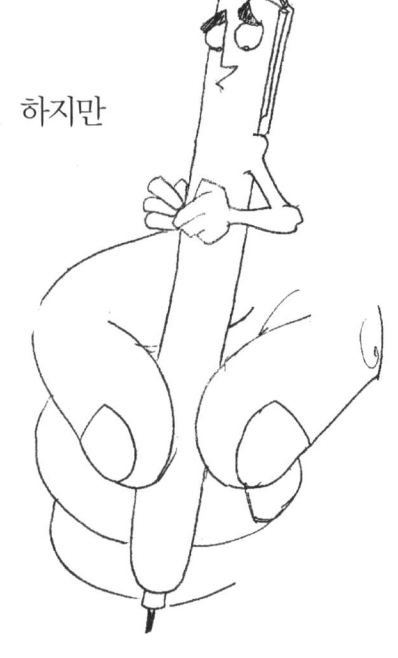

아이들이 모두 아우성을 쳤다. 하지만 랄프와 사라는 의미심장한 표정으로 눈짓을 주고받으며 고개를 끄덕이기만 했다.

"그럼 동물들은 모두 어떻게 되는 거예요?"

시애라가 물었다.

"아직은 잘 모르겠지만……."

밥이 이야기하려는데 숀이 손을 번쩍 들었다.

"제가 코끼리를 입양할게요!"

"전 물개가 좋겠어요!"

루시도 거들었다.

"그게 그렇게 쉬운 일이면 얼마나 좋겠어요! 저는 여러분이 동물들을 입양한다면 아주 잘 돌볼 거라고 확신해요."

밥의 말에 아이들이 열광적으로 고개를 끄덕였다. 그중에서도 버트가 단연 돋보였다.

"하지만 외국 동물을 기르려면 특별 허가와 특수 훈련을 받아야 해요. 그래서 동물원에서만 그런 동물들을 돌볼 수 있는 거지요. 우리 동물원이 동물들을 계속 기르려면 여러분 도움이 꼭 필요해요. 우리는 지금 탄원서를 만들고 있어요. 얼마나 많은 사람들이 동물원 폐쇄를 반대하는지 시장님께 보여 드릴 생각이에요. 그래서 사람들의 서명이 필요해요. 그것도 아주 많이! 동물들을 구하기 위한 서명을 모으는 자원봉사에 동참해 줄 친구 있나요?"

서른 개의 손이 일제히 위로 올라갔다.

"좋아요! 정말 고마워요."

밥이 환하게 웃으며 말했다. 그리고는 모든 아이들에게 많은 서명을 받을 수 있도록 넉넉한 크기의 종이를 한 장씩 나누어 주었다.

"저는 두 장 주세요."

사라가 종이를 주려고 책상 옆으로 온 밥에게 말했다.

"저는 열 장이요."

사라 뒷자리에 앉은 버트도 호기롭게 말했다.

"버트, 이건 장난이 아니야. 동물들에게는 우리 도움이 절실하다고."

사라가 버트를 쏘아보며 말했다. 그러자 버트가 고개를 크게 끄덕이며 되받아쳤다.

"그래서 가능한 많은 서명을 받아 오려는 거야."

"그래, 물론 그러시겠지."

사라가 조그맣게 중얼거렸다. 사라는 아직도 버트에 대한 분을 삭이지 못하고 있었다. 버트는 사라보다 먼저 수수께끼의 정답이 문어, 바다표범, 영양, 홍학, 알파카, 코뿔소 그리고 인도코끼리라는 사실을 알아냈다. 게다가 반에서 제일 먼저 비밀의 문장이 뭔지도 알아맞혔다. 그것은 바로 'HAPPY ZOO SAFARI' 즉 '행복한 동물원 사파리'였다. 그것만 생각하면 사라는 약이 올라 견딜 수가 없었다.

"어쩌면 저 녀석, 장난치는 게 아닐지도 몰라. 문어, 그러니까 옥토퍼스하고 침팔라가 어떻게 다른지도 알았잖아."

랄프가 사라에게 속삭였다.

"그건 오카피하고 임팔라였거든, 랄프."

버트가 평소처럼 비꼬는 말투로 얘기했다. 그러더니 별안간 부드러운 목소리로 덧붙였다.

"아무튼 내 편 들어 줘서 정말 고마워."

그때 수업 끝나는 종이 울렸다. 사라는 수업이 끝나는 걸 늘 아쉬워했지만 오늘만은 달랐다. 서명을 받을 생각에 잔뜩 들떠 있었기 때문이다.

"난 용지를 두 장 받고, 버트는 열 장을 받았지만 상관없어. 내가 가장 많은 서명을 받아 올 거니까. 모자라면 뒷장까지 쓰지 뭐."

사라가 큰 결심이라도 한 듯 말했다.

"서명 받는다고 이웃집에 가기 전에 반드시 부모님 허락 받는 거 잊지 말아라!"

스워드 선생님이 교실 밖으로 쏜살같이 빠져나가는 아이들에게 당부했다.

랄프 엄마는 동물원을 구하겠다고 서명을 받으러 다니겠다는 아들이 대견스럽기만 했다. 사라 할머니도 그것이 무척 가치 있는 일이라고 생각했다. 하지만 조건을 달았다. 서명을 받으러 다닐 때 랄프와 사라가 꼭 함께 다닐 것, 어두워지기 전에 집으로 돌아올 것, 이렇게 두 가지였다.

"서둘러! 몇 시간밖에 없단 말이야. 먼저 이 거리부터 시작하자. 넌 저쪽으로 가. 난 이쪽으로 갈 테니까!"

사라가 랄프에게 말했다.

랄프와 사라는 이 집 저 집으로 움직이면서 초인종을 누르고, 설명을 하고, 서명을 받았다. 이웃들은 모두 기꺼이 탄원서에 서명을 해 주었다. 순식간에 사라의 두 번째 서명 용지가 가득 찼다. 걷다 보니 랄프와 사라는 일명 '어두운 거리'라고 불리는 길에 와 있었다.

"한 군데 더 들러야 해."

사라가 말했다.

"우리…… 다른 길로 가면 안 될까?"

랄프가 쭈뼛거렸다. 랄프는 어두운 거리에 늘어서 있는 집
들이 왠지 마음에 들지 않았다.

"설마 너, 겁나서 그러는 건 아니겠지?"

사라가 눈을 치켜떴다.

랄프는 어두운 거리를 한 번 더 내려다보며, 떨리는 마음을 진정시키려고 무진 애를 썼다. 버트와의 경쟁 때문에 사라의 판단력이 흐려지지 않기만을 바랄 뿐이었다.

어두운 거리는 언뜻 보기에도 무척 위험해 보였다. 랄프의 말대로 그냥 건너뛰는 편이 훨씬 나을 것 같았다. 하지만 사라는 뜻을 굽히지 않았다.

"얼른 가 보자. 우리 말고 저리로 가려는 애들은 없을 거야."

"그래, 그럴 거야. 너만큼 위험을 무릅쓰고 싶어 하는 애는 없을 테니까."

마지못해 사라를 따라 첫 번째 집 대문으로 들어서며 랄프가 투덜거렸다.

두 사람은 풀이 무성하게 자란 집 앞길을 터덜터덜 걸어 현관으로 갔다. 그리고 초인종을 눌렀다. 음이 맞지 않는 종소리가 울려 퍼졌다. 랄프는 먼지가 뽀얀 2층 창문의 커튼이 살짝 움직이는 것을 본 것 같았다. 하지만 아무도 현관으로 내려오지 않았다.

"사라, 그만 가자."

랄프가 말했다.

"넌 모든 걸 너무 쉽게 포기해."

사라가 다시 한번 초인종을 누르며 초조한 듯 발로 바닥을 톡톡 쳤다.

"아무도 안 나오잖아. 어서 여기서 나가자."

랄프가 다시 한번 사정했다. 결국 사라는 랄프를 따라 다시 어두운 거리로 나왔다. 그다음 집에서도 같은 일이 일어났다. 그리고 그다음 집도 마찬가지였다.

"봐, 이 동네는 집이 모두 비어 있어. 그러니까 이제 여기서 나가면 안 될까?"

랄프가 간곡히 말했다.

"랄프, 이 집 한번 시도해 보자."

사라가 자신에 찬 표정으로 말했다.

그 집은 지금까지 들렀던 다른 집들과는 사뭇 달랐다. 마당 잔디를 어찌나 깔끔하게 다듬었는지, 풀잎들이 꼭 줄 맞춰 서 있는 병사들처럼 보일 정도였다. 검은색 페인트로 칠한 건물도 마찬가지였다. 매끄럽게 잘 칠해진 까만 벽은 채 마르지 않은 것처럼 반짝였다.

"이거, 느낌이 별로인데."

랄프가 말했다.

"도대체 뭐가 문제라는 거야?"

사라가 현관문을 향해 성큼성큼 걸어가 초인종을 힘껏 눌렀다. 그런 다음 집을 찬찬히 살펴보고 저만치 떨어져 서 있던 랄프에게 다가가 말했다.

"걱정 마. 이 거리에서 제일 좋은 집이야."

금세 다시 현관문 앞으로 걸어가던 사라가 순간 흠칫 놀라 숨을 쉬지 못했다. 문이 벌컥 열렸기 때문이다. 열린 문 사이로 검은 양복을 입은 키 큰 사내가 나타났다. 매끄럽고 반짝이는 사내의 까만 머리카락이 꼭 오토바이 헬멧처럼 보였다. 집 안에서는 희미한 잉크 냄새가 풍겨 나왔다.

"아, 안녕하세요. 저희가 여기 온 건, 동물원의 동물들을 돕기 위해서……."

사라가 입을 열었다.

그 순간, 키 큰 사내의 콧구멍이 엄청나게 커졌다. 랄프는 걱정이 돼서 견딜 수가 없었다. 저대로 사내가 숨을 들이쉬면 사라가 콧구멍 속으로 빨려 들어갈 것만 같았다. 하지만 사라는 꿋꿋하게 계속 말을 이어 갔다.

"알고 계신지 모르겠지만, 시장님이 동물원을 팔아서 그곳을 검은 매직펜 공장으로 바꾸⋯⋯."

이번에는 사내의 두 눈이 단춧구멍만큼 작아졌다. 사내의 얼굴을 보고 있자니, 랄프는 문득 뱀이 떠올랐다. 그것도 잔뜩 성이 난 독사의 모습이!

"저희는 시장님께 동물원을 팔지 말아 달라는 탄원서를 내려고 해요."

사라가 용기 있게 또

박또박 말했다. 그리고 들고 있던 서명 용지를 자랑스럽게
내밀었다.

"그게 사실이냐?"

사내가 착 가라앉은 으스스한 목소리로 물었다. 사라는
그제서야 사내의 얼굴에 웃음기가 없다는 사실을 깨닫고,
잔뜩 움츠러든 목소리로 더듬더듬 대답했다.

"네에……, 그으럼요."

"서명을 얼마나 받았지?"

사내가 물었다.

"쉰일곱 개요. 괜찮으시다면, 쉰여덟 번째 서명을 해 주시
겠어요?"

사라가 뿌듯한 표정을 지으며 말했다. 그러자 사내가 몹시
성난 목소리로 얘기를 시작했다.

"난 말이다……. 정말이지, 널 실망시키고 싶진 않지
만……."

서명 용지를 향해 손을 뻗으면서 사내의 표정이 점점 변해
갔다.

"안돼애애애애애애애애!"

그 순간 무언가가 랄프를 휙 스쳐 지나가더니, 사라와 사내 사이로 비집고 들어가 서명 용지를 홱 낚아챘다. 랄프는 화들짝 놀라지 않을 수 없었다. 랄프도 너무너무 잘 아는 아이의 짓이었다.

"버트! 너 지금 뭐 하는 짓이야?"

사라가 서명 용지를 도로 빼앗으려고 안간힘을 쓰면서 외쳤다.

"나야, 동물들을 구하는 중이지."

버트가 대답했다. 그러고는 얼른 서명 용지를 등 뒤로 숨긴 채, 사내의 팔이 닿지 않는 곳으로 몇 걸음 물러났다.

"그거 어서 돌려줘! 이분이 막 서명하려던 참이었어."

사라가 소리를 질렀다.

"이분은 이걸 찢으려던 참이었어! 너 정말 이 아저씨가 누군지 몰라서 그러는 거야?"

버트도 물러서지 않았다.

사라와 랄프가 사내와 버트를 번갈아 쳐다보았다. 그러자 버트가 소리쳤다.

"이 아저씨가 바로 트로이 세타팍스야. 동물원 자리에다 매직펜 공장을 세우려는 바로 그 사람이라고!"

랄프와 사라가 너무 놀라서 입을 다물지 못했다.

세타팍스 씨가 버트를 향해 눈을 가느다랗게 떴다. 랄프는 금방이라도 세타팍스 씨의 송곳니가 길어지면서 독을 뿜어낼 것만 같았다. 독사처럼. 그래서 재빨리 양손으로 사라와 버트를 꽉 붙잡고, 안전한 큰길을 향해 내달렸다.

어두운 거리에서 빠져나와 길모퉁이에 접어들고 나서야 랄프는 달리던 것을 멈췄다. 세 사람 모두 한참 동안 가쁜 숨을 몰아쉬었다.

"버트, 너 트로이 세타팍스 씨가 누군지 어떻게 알았어? 그리고 그 사람의 집은 어떻게 알아낸 거고?"

사라가 물었다.

"인터넷에서 찾아봤지."

버트가 잠시 목청을 가다듬더니 대답했다.

"왜?"

랄프도 궁금해했다. 그러자 버트가 슬픈 표정으로 말했다.

"동물들이 집을 잃게 되는 걸 그냥 두고 볼 수만은 없었어. 뭔가 해야만 했다고."

"난 네가 동물을 그렇게 좋아하는 줄 몰랐어."

사라가 의아한 표정을 지었다.

"어, 그게……. 동물들은 사람보다 사이좋게 지내기가 훨씬 더 쉽거든."

버트가 멋쩍은 듯 말했다. 그리고 랄프에게 고개를 돌리며 말을 이었다.

"우리를 그 집에서 데리고 나와 줘서 고마워, 랄프. 트로이 세타팍스 씨에게 붙잡혔으면, 무슨 일을 당했을지 누가 알겠어? 어쩌면 우리도 실험실에 보내 버렸을지도 몰라. 동물들에게 하려는 것처럼."

"버트 네가 딱 알맞은 순간에 나타나 줘서 고맙지, 뭐. 너 아니었으면, 그동안 서명받은 게 몽땅 없어질 뻔했잖아."

랄프도 버트의 공을 인정했다.

세 아이가 약간 어색한 눈빛으로 서로를 쳐다보았다. 그동안 같은 편이 되었던 적이 한 번도 없었기 때문이다.

"너희 둘은 내일 아침에 수업 빼먹고 동물원에 직접 가서 서명 용지를 전달할 생각은 없지?"

버트가 물었다.

랄프가 사라를 쳐다봤다. 사라는 잠시 이맛살을 찌푸리며 버트를 바라보았다. 그리고 마침내 입을 열었다.

"잘못 짚었어, 버트. 우리도 가야겠어. 기꺼이!"

11

최후의 대결

"아야! 이거 정말 꼭 필요한 거야?"

스파이크가 꽥꽥 비명을 질렀다. 페니와 밀리건이 차례로 스파이크의 등에서 가시를 뽑았기 때문이다.

"대나무 끝을 뾰족하게 다듬을 게 꼭 필요해서 그래."

페니가 가시 하나를 더 뽑으며 스파이크를 달랬다.

"아프단 말이야! 그냥 판다들한테 적당한 모양으로 대나무 끝을 좀 깨물어 달라고 하면 안 되는 거야?"

스파이크가 가시가 뽑힌 자리를 어루만지며 계속 투덜거렸다.

"벌써 해 봤잖아. 기억하지? 판다들은 대나무를 다듬는 게 아니라 그냥 꿀떡꿀떡 삼켜 버렸잖아."

페니가 말했다.

"그나저나, 저게 얼마나 많이 필요할까?"

밀리건이 구석에 쌓아 놓은 대나무 더미를 보며 물었다.

"하나면 될지도 몰라. 음, 아니다. 아무래도 하나로는 좀 부족할 거야."

페니가 대나무 한쪽 끝을 뾰족하게 다듬으며 대답했다.

"뭐 하러 이런 고생을 사서 해야 하는지 모르겠네."

스파이크는 계속 투덜거리며 대나무를 다듬었다. 그러다 실수로 제 가시에 찔리자 또 비명을 질렀다.

"와, 이거 무지 날카로운걸!"

"그래도 가시 끝 부분에 찔린 건 아니지? 네 가시 끝은 정말 날카롭거든. 찔리면 눈물이 찔끔 날 정도라고."

밀리건이 퉁명스럽게 물었다. 계속 티격태격하던 스파이크와 밀리건은 어느 순간 서로를 바라보며 동시에 웃음을 터뜨렸다. 보다 못한 페니가 둘을 나무랐다.

"너희 둘, 좀 진지해 봐! 이 일을 얼른 마무리해야 한단 말이야."

스파이크와 밀리건은 입을 꾹 다물고 서로 눈길을 주고받으며 또 큭큭댔다. 마치 학교에서 담임 선생님한테 꾸중을

들은 장난꾸러기들처럼. 페니와 장난꾸러기 둘은 한동안 말 없이 대나무를 다듬었다.

"좋아. 이제 심지가 될 만한 게 필요한데."

일을 모두 마치자, 페니가 말했다.

"심지? 우리 지금 양초 만들고 있는 거야? 난 우리가 만드는 게……."

스파이크가 물었다.

"양초에만 심지가 있는 건 아니야. 흡수를 잘하는 뭔가가 필요……."

페니는 심지로 사용하기에 알맞은 재료를 찾아 방 안을 두리번거렸다. 그러다 시선이 침대보에서 멈췄다. 순식간에 페니 얼굴이 환해졌다. 페니가 뭘 찾았나 싶어서 스파이크와 밀리건이 고개를 돌렸다. 무슨 상황인지 알아챈 둘은 페니 앞을 막아선 채 고개를 세차게 저었다. 페니가 아랑곳 않고 다가오자 밀리건이 뒷걸음질하면서 말했다.

"오, 안 돼! 이러지 마."

"국기를 훼손하는 건 대역죄라고."

스파이크도 몇 걸음 뒤로 물러서며 엄포를 놓았다.

"비애국적인 행동인 것은 말할 것도 없고."

밀리건이 계속 뒷걸음질하면서 덧붙였다.

"그건 우리들의 대의에도 어긋나는 해로운 행동이야."

스파이크도 한 걸음 더 물러나며 말했다.

페니가 아일랜드 국기로 만든 침대보를 향해 계속 다가가며 강조했다.

"동물원이 매직펜 공장으로 바뀐다면, 그건 동물원의 모든 동물들에게 해로운 일이 될 거야. 아일랜드 토종 동물들뿐 아니라 모든 동물들에게."

스파이크와 밀리건은 이제 더 이상 물러설 곳이 없었다. 한 걸음 더 뒤로 물러나다가는 침대 위로 넘어질 상황이었다.

"그거 이리 내."

페니가 말했다.

스파이크와 밀리건이 침대 위에 풀썩 주저앉으며 고개를 설레설레 저었다.

"당장!"

페니가 엄포를 놓았다.

스파이크와 밀리건은 서로를 멀뚱멀뚱 바라보았다. 그러

다 밀리건이 용감하게 말했다.

"너 먼저 일어나."

"아, 그럴 수는 없어. 네가 먼저 일어나."

스파이크도 말했다.

"아니, 아니야. 사양하지 마."

밀리건은 고집을 꺾지 않았다. 그러자 페니가 말했다.

"그러지 말고, 함께 일어나는 게 어때?"

페니는 스파이크와 밀리건이 단단히 깔고 앉아 있던 침대보 끝자락을 움켜쥐었다. 그러고는 획 잡아당겼다. 잘 차려진 식탁에서 식탁보만 싹 빼내는 마술사처럼!

페니가 침대보를 잘게 잘랐다. 그리고 끝을 다듬은 대나무 안에 채워 넣었다. 스파이크와 밀리건은 아일랜드 국가를 부르면서, 눈물이 그렁그렁한 눈으로 페니의 모습을 지켜보았다. 일을 다 마치자 페니가 힘주어 말했다.

"이 국기는 아주 명예로운 희생을 한 거야. 그러니까 이제 그만 울고, 날 따라와."

페니는 스파이크와 밀리건에게 속을 채운 대나무를 건넨 다음 판다 우리 옆 잉크 탱크를 향해 씩씩하게 걸음을 옮

겼다.

"지금부터 아주 조심해야 해. 검은 매직펜이 어디에든 숨
어 있을 수 있……."

페니가 스파이크와 밀리건을 돌아보며 말했다.

"물론 그럴 수 있지!"

귀에 익은 사악한 목소리가 들려왔다. 아주 가까이에서!
페니는 등골이 서늘해지는 것을 느꼈다. 잔뜩 겁을 먹은 스
파이크는 순식간에 몸을 동그랗게 말고 가시 공이 되어 버
렸고, 밀리건은 소심한 피오누알라보다 더 심하게 온몸을
덜덜 떨기 시작했다.

페니가 천천히 고개를 돌렸다. 이번에는 과연 어떤 모습으로 나타난 건지 두려워하면서.

페니가 고개를 돌리자 바로 눈앞에, 검은 매직펜이 있었다. 이제껏 보아 온 모습 중에서 가장 끔찍한 몰골이었다. 녀석의 몸통은 전처럼 곧지 않았다. 한껏 일그러지고 비틀어져 있었다. 플라스틱 몸통은 부글부글 끓어올라 온통 부푼 자국으로 뒤덮여 있었고, 흐릿한 회색 반점들이 가득했다. 이 모든 변화에도 불구하고, 변함없는 것이 꼭 하나 있었다. 녀석의 일그러진 얼굴에서 풍겨 나오는 비아냥거리는 태도였다.

"다시 만났군, 페니."

검은 매직펜이 말했다.

"그러게. 검은 매직, 아니 회색 물방울무늬 매직펜."

페니가 최대한 용감하게 대꾸했다.

"하하하. 그새 새 친구를 사귄 모양이군. 그럼 우리, 네 친

구 바늘꽂이하고 족제비 앞에서 한번 겨뤄 볼까?"

검은 매직펜은 허탈하게 웃으면서도 얄미운 목소리로 말했다.

"이봐! 난 족제비가 아니고……."

자존심이 팍 상한 밀리건이 두려운 것도 잊은 채 소리쳤다. 그러자 검은 매직펜이 으름장을 놓았다.

"이봐, 족제비! 누가 말해도 좋다고 했지?"

"아, 아, 아닙니다, 선생님……."

밀리건이 이를 딱딱 부딪히며 가까스로 대답했다.

"후후, 훨씬 듣기 좋군."

차가운 눈길로 밀리건을 째려보던 검은 매직펜이 페니에게로 눈길을 돌렸다.

"그나저나 지금 여기서 뭘 하고 있는 건가, 페니 선생?"

"나도 같은 질문을 하고 싶어. 하지만 난 답을 벌써 알고 있지."

페니가 말했다.

"그으래?"

검은 매직펜이 재미있다는 표정을 지었다.

"물론이야. 넌 저기 있는 탱크에서 잉크를 채워 넣고 있는 거잖아."

"내가?"

검은 매직펜이 되물었다. 녀석의 입가에 미소가 피어올랐다. 그러더니 번개처럼 다가와 페니 손에 들려 있던 대나무를 빼앗았다.

"판다 우리에서 훔쳐 온 모양이군."

검은 매직펜이 대나무를 요리조리 살피며 계속 중얼거렸다.

"이건 그냥 평범한 대나무가 아닌걸? 내가 보기에는……
아무래도 매직펜을 만들려는 것 같은데 말이야……."

페니는 심기가 영 불편한 듯 발끝을 톡톡 쳤다.

"우리가 같은 이유로 이곳에 왔다니, 그것참 재미있구만."

검은 매직펜이 한바탕 웃어 젖혔다.

"흥, 우린 너와 달라. 우리가 만들 매직펜은 동물원이 계
속 문을 열 수 있도록 하는 매직펜이거든. 동물원이 문을
닫고, 그 자리에 악마의 제국이 건설되는 걸 보고만 있지는
않을 거란 말씀이지."

페니가 콧방귀를 뀌었다.

"저기, 페니……."

밀리건이 어렵게 말을 꺼냈다.

"아직 내 말 안 끝났어."

페니가 조용히 하라며 밀리건을 나무랐다.

"매직펜을 만드시겠다? 흥! 그런 날이 올 것 같지는 않은
데……."

검은 매직펜이 박장대소했다.

"페니이이이이……."

스파이크도 입을 열었다. 그러자 페니가 힘주어 말했다.

"아직 내 말 안 끝났다고 했잖아."

"이렇게 하자, 페니. 우리가 힘을 합치면 어때?"

검은 매직펜이 제안했다.

"절대로 그런 일은 없을 거야!"

페니가 세차게 고개를 저었다.

"동물들에게 맞서는 필기구! 어때, 정말 근사하지 않아? 우리는 최고의 팀을 만들 수 있을 것 같은데."

"사양하겠어. 난 벌써 최고의 팀을 꾸렸거든."

"그건 나도 마찬가지야."

검은 매직펜이 눈을 부릅뜨고 소리쳤다.

"제군들!"

그 순간 사방에서 매직펜들이 나타났다. 100개는 족히 돼 보였다.

"이 녀석들은 갑자기 어디서 나타난 거야?"

페니가 스파이크와 밀리건에게 속삭였다. 그러자 스파이크가 앓는 소리를 했다.

"아까부터 저기 있었는걸!"

"그런데 왜 나한테 말 안 했어?"

심각한 상황이긴 했지만, 스파이크와 밀리건은 서로 눈길을 주고받으며 어이없다는 표정을 지었다.

검은 매직펜이 자신만만하게 입을 열었다.

"보시다시피, 나도 동물원이 문을 닫을 때까지 마냥 기다리고 있지만은 않을 거야. 그 전에 나만의 제국을 건설할 거라는 말씀이지."

검은 매직펜의 말이 끝나기 무섭게 매직펜들이 일제히 모자를 벗었다. 그러고는 페니 일행보다 한 발 앞서 잉크 탱크 쪽으로 몸을 던졌다. 순식간에 매직펜들이 수북이 쌓였다. 페니와 밀리건은 스파이크의 가시에 찔리지 않도록 조심하면서 최대한 옆에 붙어 섰다.

"이거 정말 재미있겠는걸! 멍청한 네 녀석들이 고슴도치 가시에 찔려서 세상을 떠나면 말이야!"

검은 매직펜이 웃음을 터뜨렸다.

"크아아아아아아아앙!"

갑자기 오렌지색과 검정색 소용돌이가 나타나 허공에서 빙빙 돌더니 페니와 스파이크와 밀리건을 감싸면서 네 발로

착륙했다. 소용돌이 속에서 튀어나온 오렌지색과 검정색 줄
무늬 꼬리가 좌우로 휙휙 움직이며, 잉크를 가득 채우고 다
가오는 매직펜들을 날려서 떨어뜨렸다. 매직펜들은 차례로
잉크 탱크에 부딪혀 정신을 잃었다. 눈 깜짝할 사이에, 검은
매직펜 하나만 덩그러니 남고 말았다.

"무슨 문제라도 있나, 검은 매직펜? 이거, 이거, 너무 많
은 겁쟁이들을 나한테 떠넘기는 거 아닌가?"

줄무늬 꼬리의 주인이 이죽거렸다.

검은 매직펜은 실눈을 뜨고 줄무늬 꼬리의 주인을 노려보

았다. 그리고 천천히 모자를 벗어 수북이 쌓여 있는 매직펜 뚜껑 더미 위에 던졌다. 녀석이 머리를 앞으로 겨눈 채 줄무늬 꼬리의 주인과 맞섰다.

그 순간, 줄무늬 발이 땅 위로 솟아오르더니 검은 매직펜 위로 날아갔다. 그제서야 페니는 그것이 호랑이 발바닥과 꼬리라는 사실을 깨달았다.

"저 녀석, 혹시……?"

호랑이와 검은 매직펜이 서로 견주는 광경을 지켜보며 페니가 중얼거렸다.

"맞아. 저 녀석이 바로 초식이야."

싸우는 광경을 구경하려고 동그랗게 말았던 몸을 살그머니 펴며 스파이크가 고개를 끄덕였다.

"그런데 저 녀석······?"

페니는 초식이와 검은 매직펜이 다시 충돌하는 것을 보며 고개를 갸웃했다.

검은 매직펜이 초식이의 왼쪽을 노렸다. 공격은 성공이었다. 초식이의 왼쪽 어깨부터 엉덩이까지 검은 줄이 선명하게 남았다. 하지만 첫 번째 공격의 성공에 잔뜩 도취된 검은 매직펜은 줄무늬 꼬리가 자기를 향해 다가오는 것을 알아채지 못했다.

순식간에 초식이의 꼬리가 검은 매직펜의 두 눈 사이를 정확히 강타했다. 검은 매직펜이 나동그라지면서 잉크 탱크에 세게 부딪혔다. 그 바람에 잉크 탱크 옆구리에 커다란 구멍이 나고 말았다. 어리벙벙한 상태의 검은 매직펜 위로 검은 잉크가 쏟아져 내렸다.

"저 녀석이 물에 빠졌어!"

스파이크와 밀리건이 비명을 질러 댔다.

"물이 아니라 잉크다. 그리고 참고로 말하자면, 잉크가 쏟아질수록 난 더 강해지지."

검은 매직펜이 이죽거렸다.

"그래?"

페니가 의기양양하게 되물었다.

검은 매직펜은 잠시 눈을 감고 뒤에 있는 잉크 탱크에 비스듬히 몸을 기댔다. 그런 다음 입을 쫙 벌리고 검은 액체를 토해 내려고 했다. 하지만 나온 것이라고는 검은 잉크 두 방울이 전부였다. 녀석은 헛기침을 하면서 캑캑거렸다.

"이, 이건 잉크가 아니잖아!"

검은 매직펜이 헐떡이며 말했다. 그제야 녀석은 탱크에 붙어 있는 이름표를 읽었다. 거기에는 딱 한 단어가 적혀 있었다. 유기용제!

"유기용제! 이건 매직펜한테는 독약이나 다름없는데! 도와줘……."

검은 매직펜이 탱크 앞에 고인 유기용제 웅덩이 속으로 녹아 들어갔다.

페니, 스파이크, 밀리건, 초식이가 웅덩이를 향해 잰걸음

으로 다가갔다. 하지만 눈에 보이는 것이라고는, 잔물결이
이는 유기용제 표면에 비친 자기들의 얼굴뿐이었다.

"저 녀석이 다음 생에는 어떤 모습으로 돌아올지 궁금해
지는걸."

웅덩이를 유심히 바라보던 초식이가 입을 열었다.

"뭐? 그럼 이게 끝이 아니라는 뜻이니? 녀석이 정말 다시
돌아온다고?"

페니가 얼른 물었다. 금방이라도 웅덩이에서 검은 매직펜
이 튀어나올 것처럼 겁에 질린 표정이었다.

"물론이지. 난 누구나 죽으면 언젠가 다시 태어난다고 믿
거든. 저 녀석 아무래도 다음 생에는 먹이사슬에서 꽤 아래

단계에 속
하는 생물
로 태어날
것 같아. 이를
테면…… 쇠똥구리
같은 걸로."

　초식이의 말을 듣고 페니가 혼자서 키득거
렸다. 딱딱한 날개와 여섯 개의 다리를 가진
검은 매직펜이 똥 무더기 위에 앉아 있는 모습
을 상상하니 저절로 웃음이 났다.

　"이봐, 친구! 난 네가 평화주의자인 줄 알았는데."

　밀리건이 말했다.

　"맞아."

　초식이가 고개를 끄덕였다.

　"평화주의자면서 검은 매직펜한테는 왜 그런 거야?"

　스파이크가 묻자 초식이가 한마디로 대답했다.

　"피할 수 없는 운명. 난 그냥 눈을 질끈 감고 꼬리를 살짝
휘둘렀을 뿐이야. 검은 매직펜이나 탱크를 겨냥했던 건 아

니었어. 피할 수 없는 운명이었다고 생각해."

말을 마친 초식이가 꼬리를 살랑살랑 흔들면서 유유히 사라졌다. 멀어져 가는 초식이의 뒷모습을 바라보며 스파이크가 말했다.

"저 녀석, 생긴 것만 늠름한 게 아니었어. 꽤나 용맹한 호랑이인 게 분명해!"

12

인과응보

"음, 이제 검은 매직펜이 사라졌으니 난 이만……."

페니가 홀가분한 마음으로 입을 열었다. 그러자 밀리건이 발끈하며 페니의 말을 잘랐다.

"무슨 소리야! 우리가 작업 중이었던 거 잊었어? 우리는 매직펜도 마저 만들어야 하고, 서명도 받아야 한단 말이야. 매직펜 녀석들이 공격하는 바람에 시간을 낭비했어. 이제 시간이 얼마 남지 않았다고. 그러니 움직여, 움직여, 움직여 야 해!"

옆에 있던 스파이크가 제 가시로 잉크 탱크 바닥에 작은 구멍을 뚫었고, 페니는 대나무 뒤쪽 끝을 구멍에 대고 대나 무 속에 잉크를 채워 넣었다. 하지만 대나무 매직펜 세 자루 를 모두 잉크로 채우지는 않았다. 마지막 한 개는 잉크 대

신 유기용제를 가득 채웠다.

"그건 뭐 하려고?"

밀리건이 물었다.

"두고 보면 알게 될 거야."

페니가 알 수 없는 미소를 지으며 말했다.

대나무 매직펜을 한 자루씩 들고서 셋이 살금살금 걸음을 옮겼다. 얼룩말 우리로 갈 생각이었다.

"젤다!"

스파이크가 반갑게 소리쳤다. 젤다는 또각또각 발자국 소리와 삐거덕거리는 낯선 소리로 대답을 대신했다.

"우아, 저것 좀 봐!"

밀리건이 입을 쩍 벌렸다.

커다란 종이 뭉치가 실린 수레를 끌고 온 젤다가 웃으며 말했다.

"최대한 큰 종이 뭉치를 구해 왔어. 우리가 초식동물이라 먹이사슬에서는 아래쪽에 있지만, 너희도 알다시피 우리 머리가 좀 좋잖아."

"완벽해, 젤다! 저 정도면 덩치 큰 코끼리도 충분히 서명할 수 있겠어."

페니가 상기된 목소리로 말했다.

페니, 밀리건, 스파이크, 젤다는 동물원 우리를 돌면서 동물들에게 서명을 받았다. 그런데 페니는 무슨 이유에서인지 판다 우리를 맨 마지막에 가야 한다고 고집을 부렸다. 아니나 다를까, 마지막으로 판다 우리에 도착하자마자 그 이유를 알 수 있었다. 부 헤이의 엄마 판다가 대나무 매직펜을 질겅질겅 씹어 먹어 버린 것이다.

"어? 대나무 속에 이상한 게 채워져 있네, 뱀부뱀부?"

엄마 판다가 고개를 갸웃하며 말했다.

"맙소사, 아주 자알했군!"

밀리건이 엄마 판다를 나무랐다. 그러자 다른 판다들이 바짝 다가와서 서명하는 방법을 자세히 살핀 뒤에 서명을 했다. 부 헤이 엄마와 같은 실수를 반복하면 안 되니까. 마지막으로 아기 판다가 탄원서에 서명을 마치자 페니가 말했다.

"정말 잘했어, 부 헤이."

"그럼 나도 엄마처럼 대나무 매직펜 먹어도 돼, 뱀부뱀부?"

부 헤이가 물었다.

"얼마든지!"

페니가 고개를 끄덕였다.

"저건 뭐 할 거야, 뱀부 뱀부?"

입 안 가득 대나무를 넣고 오물거리던 부 헤이가 유기용제로 속을 채운 매직펜을 가리켰다. 그러자 페니가 씩 웃으며 말했다.

"아, 젤다! 부 헤이 옆에 서 볼래? 눈 감는 거 잊지 말고. 부 헤이, 너도. 이거 조금 간지러울지도 몰라."

페니가 부 헤이와 젤다의 몸에 유기용제가 든 매직펜을 문질렀다. 그러자 검은 잉크가 조금씩 녹아내리기 시작했다. 페니가 일을 마치자, 평범한 판다와 검은 말은 사라지고 없었다. 대신 얼룩말과 알비노 판다가 페니 앞에 있었다.

"야호! 원래 내 모습으로 다시 돌아왔어. 이제 사자들 눈을 피해 숨는 것도 문제없다고!"

젤다가 신이 나서 펄쩍펄쩍 뛰었다. 하지만 젤다와 달리 부 헤이는 조금도 행복한 표정이 아니었다. 페니가 걱정스럽게 물었다.

"왜 그러니, 부 헤이?"

"난 다른 판다들처럼 보이는 게 좋았어, 뱀부뱀부. 평범한 게 좋았다고. 이제 사람들이 모두 판다 우리로 몰려와서 나에게 손가락질을 할 거야, 뱀부뱀부."

부 헤이의 눈이 슬퍼 보였다.

"하지만 그건 좋은 일이야. 그 사람들은 너를 보겠다고 동물원에 오는 거거든. 네가 그만큼 매력적이라는 뜻이지!"

페니가 부 헤이를 달랬다.

"내가, 뱀부뱀부?"

부 헤이가 환한 얼굴로 말했다.

"그렇고말고."

페니가 열심히 고개를 끄덕였다. 그때 밀리건이 페니에게 살짝 귀뜸을 해 주었다.

"페니, 시간이 계속 가고 있어. 동물원이 문을 열기 전에, 탄원서를 대표 사무실에 가져다 놔야 하잖아."

페니, 스파이크, 밀리건이 탄원서를 들고 수레에 올라탔다. 그러고는 판다들에게 손을 흔들며 작별 인사를 했다. 젤다가 동물원 대표의 사무실을 향해 부지런히 수레를 끌었다. 젤다는 친구들을 사무실에 내려 주고서 허둥지둥 우리로 돌아갔다.

페니, 스파이크, 밀리건은 탄원서를 문 앞에 내려놓은 다음 화분 뒤에 숨었다. 탄원서를 본 대표의 반응을 살피기 위해서였다.

동물원이 문을 열기 직전에, 동물원 대표가 사무실에 도착했다. 대표는 혼잣말을 하면서 문을 열다가 문 앞에 놓인

탄원서에 걸려 넘어지고 말았다. 탄원서를 집어 든 대표가
주머니에서 안경을 꺼내 읽기 시작했다. 그러고는 금세 동
물원을 둘러보며 감탄사를 연발했다.

"굉장하군! 이거 정말 굉장해!"

동물원이 문을 열자마자, 밥과 피오누알라와 어린이 셋이
허둥지둥 달려왔다. 그러고는 가쁜 숨을 몰아쉬며 동물원
대표의 사무실 문을 두드렸다.

"저 아이가 랄프야! 내 주인이라고! 랄프가 여기 왔어!"

페니가 기쁨을 감추지 못했다.

"어떤 애 말이야? 덩치 큰 애, 아니면 주근깨 많은 애?"

스파이크가 물었다.

"주근깨 많은 쪽. 여자애는 사라야. 랄프의 가장 친한 친
구지. 하지만 저 덩치 큰 녀석은 여기서 뭐 하고 있는지 모
르겠어. 쟤는 말썽꾸러기 버트인데, 랄프하고는 사이가 좋지
않거든."

페니가 웃으며 대답했다.

"그러니까 저 녀석이 아이들 세상의 검은 매직펜이라는
뜻이야?"

밀리건이 물었다.

"그렇다고 할 수도 있지."

페니가 고개를 끄덕였다.

동물원 대표가 어리둥절한 얼굴로 문을 열었다.

"대표님, 이 아이들이 시장님께 제출할 탄원서에 서명을 받아 왔습니다. 어제 오후에만 자그마치 300개가 넘는 서명을 받았다고 하네요."

밥이 잔뜩 들뜬 목소리로 말했다.

"그런가?"

대표가 생각에 잠긴 듯 뺨을 문지르며 말했다.

"우리가 이걸 보여 드리면 시장님도 깨닫게 될 거예요. 이 일로 얼마나 많은 표를 잃게 될지 말이에요. 그러면 동물원 문을 닫는 일 같은 건 꿈도 꾸지 않으실 거라고요."

소심한 피오누알라도 한마디 했다.

"그 효과는 이제 곧 알 수 있을 것 같군."

대표가 관리인들과 아이들 어깨 너머를 바라보며 말했다.

양복을 차려입은 험악한 얼굴의 사내 둘이 사무실을 향해 성큼성큼 걸어 들어왔다. 시장과 트로이 세타팍스 씨였다. 아이들을 보자마자 트로이 세타팍스 씨의 얼굴이 더 험상궂게 변했다.

"계약서에 서명을 받으러 왔소. 그리고 이번에는 절대로 그냥 돌아가지는 않을 거요."

시장이 동물원 대표에게 새로운 계약서를 불쑥 내밀며 엄포를 놓았다. 트로이 세타팍스 씨는 옆에서 콧방귀만 뀌었다.

"제 생각에도 그러실 것 같군요."

동물원 대표가 아이들이 준비한 탄원서를 시장에게 건네며 말했다.

"이게 뭡니까?"

시장이 퉁명스럽게 묻자 대표가 차근차근 설명했다.

"동물원을 폐쇄하지 말아 달라는 탄원서입니다. 여기 있는 어린이들이 어제 오후에만 300명의 시민들로부터 서명을 받아 왔습니다. 그것은 시장님께서 동물원을 팔면 많은 표를 잃게 된다는 뜻이기도 하지요. 특히나 코앞으로 다가온 선거에서 말입니다."

그러자 트로이 세타팍스 씨가 나섰다.

"신경 쓰실 것 없습니다, 시장님. 모두 조작된 장난에 지나지 않아요. 아마 이 꼬마 녀석들이 다 휘갈겨 썼을 겁니다. 서명이랍시고 말이죠. 게다가 이 녀석들은 지금 학교에 있어야 하는 시간 아닙니까?"

"아니, 그렇지 않아요. 오전 수업을 빼먹고 동물원에 탄원서를 내고 와도 좋다고 부모님과 선생님께 미리 허락을 받았거든요."

사라가 도도한 목소리로 말했다.

"그리고 이 책가방 안 보이세요? 하루 종일 수업을 빼먹을 거면 뭐 하러 이 무거운 책가방을 메고 여기에 왔겠어요?"

버트도 힘을 보탰다.

"으으으으으……."

트로이 세타팍스 씨는 치밀어 오르는 화를 참느라 부르르 떨었다.

"아직도 제가 계약서에 서명하기를 바라시나요?"

동물원 대표가 펜을 집어 들고 시장에게 물었다.

"이런, 이런. 이렇게 서두를 일이 아닌 것 같군요."

시장이 고개를 절레절레 저으며 황급히 계약서를 낚아채 박박 찢어 버렸다. 그러고는 세타팍스 씨를 향해 방긋 웃으며 말했다.

"그나저나 이거 죄송하게 됐습니다, 세타팍스 씨. 하지만 시민들에게는 동물원과 동물들의 안녕이 훨씬 중요한 것만은 분명하네요. 아무래도 매직펜 공장 건립보다는 말이지요."

"야호!"

랄프와 사라와 버트가 서로 얼싸안고 깡충깡충 뛰면서 외쳤다.

밥과 피오누알라도 두 손을 높이 들어 손바닥을 마주치며 기쁨을 나누었다. 페니와 스파이크와 밀리건도 숨어 있던 화분 뒤에서 어깨춤을 추었다.

트로이 세타팍스 씨는 동물원 대표와 랄프, 사라, 버트를 차례로 째려보고는 사무실에서 성큼성큼 나가 버렸다.

시장도 슬며시 자리에서 일어나려는데, 동물원 대표가 시장을 불러 세웠다.

"한 가지가 더 있습니다, 시장님."

"네?"

"저는 오늘 아침에 탄원서를 한 통 더 받았습니다. 동물원에 새로운 전시장을 하나 더 만들자는 내용이었지요. 우리나라 토종 동물들을 위한 전시장을 말입니다."

밥, 피오누알라, 랄프, 사라, 버트가 모두 휘둥그레진 눈으로 서로를 바라보았다. 스파이크와 밀리건이 활짝 웃으며 페니를 쳐다보았다. 페니 역시 이미 알고 있었다는 표정으로 환하게 미소를 지었다.

동물원 대표가 시장에게 탄원서 하나를 내밀었다. 페니와 동물 친구들이 만든 탄원서였다.

"모든 동물들이 탄원서에 서명한 것 같더군요. 오늘 아침에 제가 사무실 문 앞에서 발견한 겁니다. 날마다 동물원을 가장 늦게 떠나고, 또 동물원에 가장 빨리 도착하는 사람이 바로 접니다. 그러니 분명한 증거는 없다고 해도, 저는 이렇게 생각하고 싶군요. 동물들이 직접 갖다 놓은 탄원서라고 말입니다."

시장이 도무지 믿을 수 없다는 눈빛으로 동물원 대표를 바라보았다.

"정말 멋진 생각이세요!"

사라가 제일 먼저 외쳤다.

"저도 그렇게 생각해요."

소심한 피오누알라도 맞장구를 쳤다. 아일랜드 토종 동물이 사자, 오랑우탄, 판다보다 훨씬 덜 무섭게 느껴졌기 때문이다.

시장이 입을 열었다.

"흠, 예산을 좀 지원할 수 있을 것 같군요."

"만세!"

스파이크와 밀리건이 한목소리로 외쳤다. 둘은 한껏 들떠서는 아일랜드 전통 춤을 추었다. 양팔을 허리에 붙이고 현란한 발동작을 선보였지만 그것도 잠깐이었다. 밥이 둘을 발견하고 한꺼번에 들어 올렸기 때문이다.

"보세요! 새로운 전시실에서 지내게 될 첫 번째 친구들이 바로 여기 있네요."

밥이 스파이크와 밀리건을 조심스럽게 보듬어 안은 채 말했다.

그때 페니는 얼른 바닥에 꼼짝 않고 누웠다.

"랄프! 이거 네 연필 아니니? 왜, 오랑우탄이 훔쳐 갔던 거 있잖아?"

페니를 먼저 발견한 사라가 재빨리 집어서 랄프에게 건넸다.

"맞아!"

랄프가 환하게 웃었다. 그러고는 필통 지퍼를 열고 페니를 안으로 쏙 집어넣었다.

"페니!"

얼룩이가 기뻐서 소리쳤다.

"다시 만나서 너무너무 기뻐!"

맥도 안도의 숨을 내쉬며 반겨 주었다. 어느새 수정액이 곁에 다가와 걱정스럽게 물었다.

"대체 무슨 일이 있었던 거야? 너무 오래 떨어져 있어서……. 어디

아픈 데는 없니?"

페니는 잠시도 쉬지 않고 스파이크, 밀리건 그리고 동물 친구들과 함께 검은 매직펜을 상대한 모험담을 풀어 놓았다.

"너 정말 검은 매직펜이 다시 돌아올 거라고 생각해?"

얼룩이가 물었다.

"초식이는 정말 그렇게 생각하는 것 같았어."

페니가 대답했다. 그리고 깔깔 웃으며 덧붙였다.

"하지만 어쩌면 쇠똥구리가 되어서 나타날지도 몰라."

"쇠똥구리한테 검은 매직펜이라는 이름은 정말 안 어울린다."

맥도 웃음을 터뜨렸다.

"아일랜드 토종 동물들이 전시관을 갖게 되었다니, 참 잘된 일이야. 페니, 새 친구들과 이렇게 훌륭한 일을 해낸 네가 정말 자랑스럽다!"

수정액도 환하게 웃었다.

"고마워, 친구."

페니의 두 뺨이 발그레해졌다.

"애들아, 우리 다 같이 만세를 부르자. 임무를 훌륭히 수

행하고 무사히 돌아온 페니를 위해서!"

맥이 제안하자 얼룩이와 수정액, 모든 색연필들이 한목소
리로 외쳤다.

"페니, 만세!"